Uwe Goeritz

Aurelia

In himmlischer Mission

Bibliografische Information der Deutschen Nationalbibliothek:

Die Deutsche Nationalbibliothek verzeichnet diese Publikation in der Deutschen National-bibliografie; detaillierte bibliografische Daten sind im Internet über http://dnb.dnb.de abruf-bar.

© 2020 Uwe Goeritz

Coverbilder: von OpenClipart-Vectors und holzijue auf Pixabay

Titelbildgestaltung: Uwe Goeritz

Herstellung und Verlag: BoD – Books on De-mand, Norderstedt

ISBN: 978-3-7519-1416-1

Inhaltsverzeichnis

Aurelia - In himmlischer Mission

„Ein Urlaub wäre schön", denkt sich Aurelia. Der Engel der Liebe ist nach der Geburt ihrer Tochter im Ruhestand, aber so hatte sie sich das Leben als Mutter nicht vorgestellt. Da kommt es ihr gerade recht, dass Lilith ihr die Tochter für zwei Wochen abnimmt und auch noch ein idyllisches Landhotel empfiehlt.

Ziemlich schnell kommt Aurelia aber dahinter, dass diese freundliche Geste der Dämonin einen kleinen Haken hat. Sie muss die Liebe wieder in sich selbst finden und auch die Verbindung zwischen Franz und Lisa kitten. Dazu kommt allerdings, dass ihre Fähigkeiten ein klein wenig eingerostet sind. Es beginnt eine neue himmlische Mission, die eine ganz neue Erfahrung für sie wird.

Sämtliche Figuren, Firmen und Ereignisse dieser Erzählung sind frei erfunden. Jede Ähnlichkeit mit echten Personen, ob lebend oder tot, ist rein zufällig und vom Autor nicht beabsichtigt.

1. Kapitel

Eine leise Bitte

Lisa stand am Fenster und sah auf die Blumenwiese hinab, die im letzten Licht des Tages vor dem Haus zu sehen war. Durch das geöffnete Fenster kam der Duft der Almwiese zu ihr herein, den sie so sehr liebte. Sie war zwanzig Jahre alt und half dem Vater in der Wirtschaft, die oberhalb des Dorfes an einem Hang lag und von Einheimischen und Urlaubern gut besucht wurde. Auch fünf Zimmer hatte die Wirtschaft, von denen jetzt im Mai aber nur zwei gebucht waren. Trotzdem gab es jeden Tag Arbeit bis zum Umfallen, denn außer ihr und Anton hatte der Vater keinerlei Hilfskräfte und auch noch einen Stall mit ein paar Kühen und Schweinen zu bewirtschaften.

Nur mit Mühe konnte sie die Augen offen halten, denn auch an diesem Tag war sie nun schon seit 5:00 Uhr in der Früh auf den Beinen. Und das war mehr wie siebzehn Stunden her, wie der Wecker auf ihrem Nachttisch ihr in großen, roten Zahlen anzeigte. Gähnend löste sie den blonden Zopf und kämmte schon fast in Trance, immer noch am Fenster stehend, ihre Haare. Vielleicht war der Vater nur zu geizig, sich eine weitere Magd zu nehmen, vielleicht fand er aber auch keine, weil der alte Griesgram wegen seines Jähzorns im ganzen Dorf verschrien war. Einzig der Anton hielt es noch mit ihm aus, aber der ältere Knecht half auch nur Stundenweise im Stall und auf dem Feld aus. Für die schwereren Aufgaben.

Allerdings kamen die Leute gern in die Schänke, weil das Bier, welches der Vater nach einem Geheimrezept im Keller braute, das Beste der ganzen Umgebung war. Das Beste der Welt, wie einer der Urlauber vor ein paar Tagen bewundernd festgestellt hatte. Trinken wollten alle bei ihm. Arbeiten eher keiner. Abgesehen von Anton! Und von ihr, aber welche Wahl hatte sie schon?

Müde und ausgelaugt streifte sie sich das obligatorische Dirndlkleid ab und schlurfte im Unterhemd zur Dusche in das angrenzende Bad. Ihr Zimmer war wie eine dieser Ferienwohnungen eingerichtet. Bad, Kochnische und Bett auf knapp 15 Quadratmetern. Nicht viel, aber es reichte ihr aus, zumal sie ja sowieso nur nachts in dieses Zimmer kam.

Es war eine Urlaubergegend und die Herberge lag günstig am Schnittpunkt von Rad-, Wander-

und Skipfaden. Praktisch das ganze Jahr war hier was los.

Das Unterhemd landete im Wäschekorb und das warme Wasser aus der Dusche hüllte ihren Körper ein. Ein Duschgel mit dem Duft von Wiesenblumen verstärkte dieses Wohlgefühl nur noch. Lisa konnte schon ihr Bett nach sich rufen hören.

Abgetrocknet und im Schlafanzug lief sie zurück zu ihrem Bett. Fast schon schlafend ging sie die Aufgaben des nächsten Tages durch. Gästewechseltag! Da war besonders viel zu tun! Sie setzte sich auf die Kante ihre Bettes und tastete mit geschlossenen Augen nach dem Schalter der kleinen Nachttischlampe, als ein Geräusch sie aufschreckte. Es klang, wie das Kratzen einer Maus! Hatte sich einer der Nager in ihr Zimmer geschlichen?

Sie war hier im zweiten Stock! Wie hätte es da eine der Mäuse schaffen können? Nun war sie wieder wach! Genauer lauschte sie und das Geräusch schien von draußen zu kommen. Kletterte da gerade solch ein pelziger Räuber die hölzerne Fassade herauf? Das Fenster stand noch sperrangelweit offen!

10

Mit einem Satz war die junge Frau die zwei Meter zum Fenster gesprungen. In der Finsternis würde sie den Nager zwar nicht sehen, aber sie konnte die hölzernen Fensterläden schließen. Wo war eigentlich Kasimir, der große schwarze Kater, wenn man ihn brauchte? Lisa zog am Seil und die beiden Flügel begannen sich zu schließen, stoppten aber kurz darauf, weil sie auf einen Widerstand stießen.

„Hallo Lisa!" Das Wispern kam von unten und die Frau sah hinab. Nur ein paar handbreit von sich entfernt sah sie das Gesicht von Franz, einem jungen Mann aus dem Dorf, der unterhalb ihres Fensters, in schwindelerregender Höhe, auf der klapprigen Leiter stand.

Fast hätte Lisa aufgeschrien, konnte sich aber gerade noch die Hand vor den Mund schlagen. „Was machst du denn hier?", fragte sie leise. „Fensterln!", kam die freche Antwort aus der Dämmerung. Der junge Mann gefiel ihr schon ganz gut und da der Vater sie eigentlich nie aus dem Haus ließ, außer zum Gottesdienst am Sonntag, war es eher, als wenn sie hier eine Nonne im Kloster war.

Dabei war sie zwanzig! Kurz zögerte sie, dann sagte sie „Komm hoch! Aber leise!" Franz kletterte die letzten fünf Sprossen der Leiter mit solch einer Geschwindigkeit, dass Lisa ihn schon die fünf Meter wieder hinabstürzen sah.

Endlich stand der Mann in ihrem Zimmer. Für einen Moment lauschte Lisa, ob das Eindringen des Mannes unbemerkt geblieben war, denn schließlich wohnte der Vater im Zimmer nebenan. Aber alles blieb ruhig und nun wurde es endlich Zeit für den ersten Kuss.

Als sich ihre Lippen fanden, da gingen ihre Gedanken auf eine Reise. Wann war sie eigentlich das letzte Mal mit einem Mann zusammen gewesen? Vor mehr als drei Jahren auf der Berufsschule! Das war viel zu lange her und der Kuss war einfach nur der Himmel. Noch bevor sie überhaupt reagieren konnte, schoben sich seine Hände auch schon unter ihre Schlafanzugjacke. Das Gehirn schaltete auf Autopilot und die Hormone übernahmen die Kontrolle!

Wie in einem Rausch rissen sie sich gegenseitig die Kleidung vom Leib, was bei Lisa sehr schnell ging, da die Schlafanzughose automatisch ihren Weg zum Boden suchte, nachdem Franz

12

durch seine forsche Art den Gummi zerrissen hatte. Noch ein letzter kurzer Blitz des Verstanden. „Was mache ich hier?" Ruth, ihre Freundin aus dem Internat, hätte wohl gesagt „Du bist rollig und untervögelt!" doch dann verschwand dieser Gedanke in den Tiefen ihrer Seele.

Einfach nur fallen lassen. Jetzt und hier! Der Franz war schon ein fescher Kerl und gefiel ihr auch ganz gut. Jetzt konnte er beweisen, ob er auch noch andere Qualitäten hatte.

Im nach hinten auf das Bett fallen, riss sie die Nachttischlampe zu Boden. Der Knall musste wohl im ganzen Haus zu hören gewesen sein. Das Licht brannte noch, aber es dauerte keine fünf Sekunden, dann klopfte es an der Tür und der Vater rief „Lisa? Geht es dir gut?" „Ja Vater. Alles gut. Nur die Lampe." Sie hörte wie der Mann die Klinke drückte.

„Schnell! Du musst fort!", flüsterte sie Franz in dessen Ohr, der sie daraufhin entgeistert ansah. So kurz vor dem Ziel so abrupt gestoppt. Einen Moment zögerte er noch, über sie gebeugt. Dann rief der Vater von draußen „Wirklich? Und was ist das für eine Leiter?" Nun hatte auch Franz den Ernst der Situation erkannt. Nackt lief er zum

Fenster und Lisa sammelte seine Sachen hinter ihm her auf. Ein letzter Kuss, dann flog die Tür mit einem Knall auf. Lisa fuhr herum und der Vater sauste an ihr vorbei.

Franz tauchte am Fenster ab und der Vater schimpfte ihm hinterher, dann lief er aus dem Zimmer und kam sofort mit der Schrotflinte zurück. „Vater! Nein!" Lisa konnte im letzten Augenblick die Waffe zur Seite schlagen. Ein donnernder Schuss hallte durch die Nacht.

Mit einem Seitenblick nach unten sah sie, wie sich der nackte Rücken von Franz im Mondlicht schnell von der Hütte fortbewegte. „Dieser Saulump!" Der Vater schimpfte und sendete noch einen bleihaltigen Gruß dem fliehenden Mann hinterher, doch Franz war nun schon viel zu weit entfernt, als dass ihm die Schrotladung des Vaters gefährlich werden konnte.

„Und du, zieh dir etwas an!", brummte der Vater und stapfte zornig aus dem Zimmer.

Schnell war die Schlafanzugjacke wieder übergezogen und der Schaden an der Tür betrachtet. Das ganze Schloss war herausgebrochen.

14

Seufzend schob Lisa die Tür zu, legte sich in ihr Bett und träumte für einen Moment, was gerade hätte passieren können. „Mist!", entfuhr es ihr. Sie legte sich zurück, drückte auf die Taste des Radios und schaltete den Schlummermodus ein.

Ihr Lieblingslied erklang. Real Life mit „Send me an Angel" und sie summte mit. Das Lied im Ohr schlief sie schließlich ein und hoffte wenigstens auf einen schönen Traum.

2. Kapitel

Urlaub von der Windel

Summend wiegte Aurelia ihre Tochter im Arm. Endlich hatte sie zu weinen aufgehört und war eingeschlafen. Sicherlich vor Erschöpfung und Aurelia war nahe dran, es ihr gleichzutun. Vorsichtig legte sie das Baby in der Wiege ab, wendete sich zum Sessel und sah aus dem Augenwinkel, wie mitten im Zimmer eine Art von Wirbelsturm zu toben begann. Entspannt ließ sie sich in den Sessel fallen, zog sich eine Zeitung vom Tisch und sagte leise „Hatte ich dir nicht gesagt, dass du klingeln sollst, wenn du zu Besuch kommst?" Ohne die Antwort abzuwarten, schlug sie die Zeitung auf und begann zu lesen.

Aus dem Zentrum des Wirbels schälte sich eine wunderschöne Frau in einem schwarzen, knappen Lederkleid. „Soll ich nach draußen gehen und dann klingeln?", fragte sie und wendete sich der Wiege zu. „Nicht nötig Mutter. Und lass Sofie in Ruhe. Sie ist gerade eingeschlafen!", entgegnete Aurelia und legte ihre Füße hoch. Die andere Frau stoppte auf dem Weg zur Wiege und kam zum Sofa. Sie setzte sich und schlug die Beine übereinander. „Schicke Stiefel", sagte Aurelia und die Frau entgegnete „Die habe ich aus

16

Italien. Da war ich gerade im Urlaub." „Schön für dich Lilith!", entgegnete Aurelia genervt und legte die Zeitung zurück. „Und wie geht es dir?", fragte Lilith.

„Prima! Es könnte mir nicht besser gehen!", entgegnete Aurelia leise und gepresst. Zornig funkelte sie die Mutter an. „Sofie bekommt gerade Zähnchen. Ich versuche sie abzustillen. Die Brüste tun mir weh und sie hat keine Nacht in der letzten Woche durchgeschlafen", begann sie, holte Luft und setzte fort „Damit habe ich auch kaum geschlafen und gestern sicherheitshalber alle Spiegel zugehängt. Daria ist seit einem Monat mit meiner Schwester zum Fotoshooting auf den Malediven und gerade jetzt hätte ich meine Partnerin so dringend gebraucht. Noch Fragen, wie es mir geht?", beendete Aurelia ihren Spruch und ließ ihren Kopf nach vorn sinken. „Und Babykotze habe ich auch noch auf dem Hemd!", setzte sie leise hinzu.

Mit den Fingern versuchte sie den Fleck zu entfernen, den sie gerade gefunden hatte. „Du brauchst mal Urlaub!", entgegnete Lilith und stolzierte in ihren hochhackigen Stiefelchen in die Küche. Ein paar Augenblicke später kam sie mit zwei Tassen Cappuccino zum Sofa zurück. „Ja! Urlaub wäre schön!", sagte Aurelia und nahm die

Tasse. Sofie brummte aus der Wiege und Aurelia blickte zu ihr hinüber, aber die Tochter beruhigte sich sofort wieder. „Wenn wenigstens Daria hier wäre, aber die ist ja noch mindestens einen Monat fort. Warum muss diese Fotosession eigentlich acht Wochen dauern?", fragte Aurelia und trank die Tasse aus. „Und du hast mir von den Freuden des Mütterdaseins vorgeschwärmt!", setzte sie hinzu und stellte die Tasse zurück auf den Tisch.

Lilith lachte leise. „Ich bin eine Dämonin. Warum hast du mir geglaubt?" „Du bist aber auch meine Mutter. Warum erzählst du solche Märchen?" „Ich war", begann Lilith und Aurelia setzte fort „Ein böses Mädchen! Ich weiß Mutter!" Lilith seufzte und erhob sich. Fast lautlos ging sie zur Wiege und streichelte Sofie an der Wange. „Sie ist so wunderschön!", flüsterte Lilith und Aurelia erhob sich von ihrem Platz. „Ja! Das ist sie wirklich!", stimmte sie ihrer Mutter zu, nachdem auch sie an die Wiege getreten war.

„Wenn nur endlich die Zähnchen da wären!", seufzte Aurelia. „Zurück zum Urlaub!", sagte Lilith und setzte fort, „Da du sie ja gerade entwöhnst, könnte ich sie doch auch mal für ein oder zwei Wochen übernehmen? Oder?" „Wirklich?", fragte Aurelia zweifelnd. Zu verlockend war diese Aussicht.

„Na klar!", sagte Lilith und hob die schlafende Sofie aus der Wiege. Aurelia runzelte die Stirn. „Wieso sollte ich mein Kind eigentlich einer Dämonin überlassen, die auch noch als Kindermörderin in die Bücher eingegangen ist?" „Ich war damals ein böses Mädchen und Sofie ist doch meine Enkelin!", lenkte Lilith ein und wiegte das Baby im Arm. Das Mädchen wurde wach und Aurelia verdrehte die Augen. „Kannst du sie mal kurz halten? Ich hole das Flächen", sagte sie und eilte in die Küche.

Als Aurelia ein paar Minuten später mit der warm gemachten Milch zurückkam, da stand Lilith am Fenster und sang dem Säugling etwas in einer seltsamen Sprache vor. Dieses Lied hatte Aurelia noch nie gehört und doch klang es sonderbar vertraut. Da lag etwas Liebevolles und Mütterliches in Liliths Augen und sie war vollkommen in das Lied und in Sofie vertieft. Das Mädchen lachte sogar! Das hatte Aurelia die letzten sieben Tage nicht geschafft.

„Schönes Lied", sagte sie, als sie die Tochter zurücknahm und ihr die Milch gab. „Ja! Lange her", entgegnete Lilith mit einem bitteren Unterton. „Diese Sprache kenne ich gar nicht", sagte Aurelia und sah auf die schmatzende Tochter herab. „Seit mehr als 4.000 Jahren wird das schon nicht mehr gesprochen. Das war altbabylonisch und ich habe es meiner Tochter damals vorgesungen", seufzte Lilith und Aurelia glaubte, eine Träne auf ihrer Wange herablaufen zu sehen.

Schnell drehte sich die Dämonin von ihr fort und nur einen Augenblick später wendete sie sich, strahlend und lächelnd, zurück zu ihr. „Und nun zu deinem Urlaub!", sagte die Frau und hatte einen Prospekt in der Hand, den sie zuvor nicht gehabt hatte. „Schau mal!", setzte sie hinzu und hielt das Bild einer idyllischen Landschaft vor Aurelias Gesicht. Berge, grüne Wiesen, ein kleiner Teich und braune Kühe. Dazu ein sehr altes Fachwerkhaus.

„Ja! Schön wäre es!", seufzte Aurelia und legte sich Sofie über die Schulter. Die Tochter rülpste und wurde von ihr in die Wiege zurückgelegt.

„Du solltest das tun! Ich übernehme Sofie für zwei Wochen und du fährst zur Erholung dort hin!", legte die Dämonin fest und übergab den vierseitigen Flyer. „Willst du wirklich auf Sofie aufpassen?", fragte Aurelia nach. Sie wollte die Tochter eigentlich nicht zurücklassen, aber im Moment war eine Erholung bitter nötig. Sogar für

20

einen Engel wie sie. Sie hatte einfach keine Kraft mehr.

Die Bilder waren einfach viel zu verlockend. „Na klar. Mach schon. Irgendein armer, kleiner Teufel wird sich schon als Babysitter finden lassen", sagte Lilith. Dabei ließ sie ihre langen Eckzähne schelmisch aufblitzen. „Gehe unter die Dusche! Ich packe für dich!", wies Lilith sie an und Aurelias Widerstand brach in sich zusammen.

Wenig später saß sie auf dem Sofa. Sauber, mit geföhnten Haar und in einen guten Duft gehüllt. Lilith hatte wirklich schon die Tasche gepackt und ein Taxi gerufen. Als es klingelte, sagte Aurelia „Aber ich will meine Tochter in einem Stück wiederhaben. Und ohne Hörner!" „Versprochen und erhole dich gut!" Lilith gab ihr einen Kuss und schob Aurelia aus der Wohnung.

Urlaub von der Wickelfront! Auch, wenn es gerade schmerzte, die Tochter hier zu lassen, aber der Urlaub war wirklich nötig.

3. Kapitel

Erinnerungen

ie Leiter lag hinter dem Schuppen. Der Vater hatte sie mit drei Schlössern gesichert. Aber nicht das gab Lisa zu denken, sondern, dass der Vater mit einer Waffe auf einen anderen Menschen losgegangen war. Wenn sie die Waffe nicht hochgerissen hätte, wer weiß, was dann passiert wäre. Lisa schüttelte die Betten auf und strich sich danach eine vorwitzige Haarsträhne hinter das Band, welches ihre Locken eigentlich hinter den Ohren halten sollte. Schon eine ganze Weile putzte sie die Ferienwohnungen, weil die Gäste gerade in die Umgebung zum Wandern gegangen waren. Wann war sie eigentlich das letzte Mal wirklich draußen gewesen? Zum Wandern? Zum Baden? Unendlich lange schien das her zu sein.

Mit dem Eimer trat sie in den Flur, schob den Wagen mit der Wäsche in die Kammer und wischte sich mit der Hand über die Stirn. Eine halbe Stunde hatte sie nun Pause, bevor der Vater den Ausschank öffnen würde und die ersten Gäste ihr Bier haben wollten. Schnell stieg sie hinab, um keinen Augenblick von ihrer Pause zu verpassen.

Mit der Kaffeetasse setzte sie sich in die Küche und sah auf das Bild an der Wand gegenüber. Mutter, Vater, der Bruder und sie. Glücklich sahen sie darauf aus. Alle lächeln dabei den Fotografen an. Lisa erhob sich und nahm das Foto in die Hand. Elf Jahre war das her. Ein Jahr später hatten die Eltern sich getrennt. Was war wohl in diesem Jahr geschehen?

Sie hatten diese Wirtschaft von ihrem Großvater übernommen und vermutlich hatten sie sich damit ebenfalls übernommen. Lisa dachte an die Streitereien, die nach dem Einzug in diesem Hause alltäglich geworden waren. Es war offensichtlich, dass die Mutter nicht hier leben wollte. Ihr selbst hatte es hier schon immer gefallen. Die Tiere, die Natur, das Haus. Schon vorher waren sie oft hier gewesen, aber eben nur zum Urlaub und am Wochenende. Ständig hier zu leben, zu arbeiten und die Verantwortung zu tragen, das war für die Mutter irgendwann zu viel geworden.

Noch gut konnte sich Lisa daran erinnern, wie ihr kleiner Bruder Peter in seinem Bett gezittert hatte, wenn die Eltern wieder einmal gestritten hatten. Wenn die Türen knallten und der Vater brüllte, dann war sie zu ihm in das Bett gekrochen und hatte ihn getröstet. Aneinander gekuschelt war die Angst erträglich gewesen. Für sie und ihn.

Er war fünf Jahre jünger als sie und sie vermisste ihn so sehr. Beim Blick auf das Foto rollte eine Träne über ihre Wange. Nach der Scheidung war Peter mit der Mutter in die Stadt gezogen und Lisa hatte ihn danach nie wieder gesehen.

Sie selbst hatte sich entschieden, beim Vater zu bleiben. Schon immer war sie mehr ein Papakind gewesen. Mit ihrem Vater hatte sie immer viel Spaß gehabt. Er hatte sie zum Angeln mitgenommen und zum Fußball. Doch die Scheidung hatte auch ihn tief getroffen. Tiefer, als er es sich wohl selbst eingestehen wollte. Immer verschlossener war der Vater geworden und mit dem griesgrämigen Mann war nun wirklich kein Staat mehr zu machen. Seufzend hängte Lisa das Bild zurück und nahm einen Schluck Kaffee.

Ihr Blick ging durch das Fenster auf den Berg hinaus. So hatte sie sich ihr Leben nicht vorgestellt. Alleine, ohne Freunde und auch sonst war schon lange der Spaß vorbei. Einzig die Tiere des Streichelzoos und die Gäste hielten sie noch hier. Und ein bisschen die Sorge um den Vater. Was würde er ohne sie machen?

Aber reichte Sorge aus, um darauf eine Existenz aufzubauen? Die Mutter hatte in der Stadt einen kleinen Laden übernommen und in der Lehrzeit hatte Lisa sie dort ein paar Mal besucht, aber es waren eher frostige Treffen geblieben. Wenn man so wollte, so waren die Jahre der Lehre eigentlich ein Lichtblick gewesen, wenn auch nicht für die Beziehung zu ihrer Mutter. Sie hatte Freundinnen im Internat gehabt und manchmal bis tief in die Nacht einfach erzählt oder gelacht.

Ein zweites Bild sah sie an. Sie und Ruth, ihre Zimmerkameradin aus dem Wohnheim. Gute Freundinnen waren sie gewesen. Jungs gab es nicht im Internat, aber es gab eben Ruth! In mancher Nacht hatten sie zusammengekuschelt im Bett gelegen, von ihren Träumen erzählt und sich ein Leben ausgemalt, wie es hätte sein können. Manchmal hatten sie sich auch gegenseitig in den Schlaf gestreichelt. Das hatte ihr auch sehr gefallen. Und dann war da Siegfried gewesen, der ihr erster Freund werden sollte.

Viel zu unerfahren war Lisa gewesen. Am zweiten Wochenende hatten sie ihren ersten Sex, der zugegebenermaßen scheußlich gewesen war. Nur einen Monat später war Siegfried dann mit Ruth zusammengekommen. Jetzt leitete er mit der Freundin ein großes Hotel in der Nachbarstadt. Was wäre wohl gewesen, wenn er bei ihr geblieben wäre? Müßige Gedanken!

In den ersten Tagen war sie zornig auf Ruth gewesen. Aber nicht so sehr wegen Siegfried, sondern mehr darüber, dass die Freundin nicht mehr so viel Zeit für sie hatte. Dann kam auch noch hinzu, dass sich Siegfried oft heimlich in ihr Zimmer schlich und dann manche Nacht bei Ruth blieb, während sie nur zwei Meter neben ihnen versuchte zu schlafen. So viele Tränen hatte sie in diesen Nächten vergossen. Und nun war sie hier!

Die Pause war zu Ende, wie der Vater gerade lärmend im Flur feststellte. Der letzte Schluck vom Kaffee, dann stand sie auf. Ein kurzer Blick in den Spiegel, schnell das Kleid glattgezogen, dann eilte sie hinaus. Die ersten Zecher hatten sich an ihrem Stammtisch eingefunden.

Das Bier zog ihr die Arme lang. Maßkrüge schleppen! Immer mehr Leute trafen ein und nun musste sie auch noch die Küche übernehmen.

Stunden später lehnte sie kurz an der Rezeption und sah eine neue Reservierung für den nächsten Tag. Da musste sie am Abend noch das Zimmer vorbereiten. Seufzend hob sie den Zettel an. „Aurelia Engel", las sie laut vor und musste schmunzeln. Das Lied vom Abend mit Franz fiel ihr ein. Ihr Lieblingslied.

„Send me an Angel", sang sie leise und legte den Zettel zurück. „Lisa! Verdammt noch mal! Wo steckst du?", polterte der Vater in den Gang. „Trödle nicht! Acht Bier zu Tisch fünf und drei Bratwürste zu Tisch acht!" Er trieb sie förmlich an. Wie ein Sklaventreiber, nur ohne Peitsche. So hatte sie sich das damals nicht vorgestellt. Gehetzt rannte sie in die Küche.

4. Kapitel

Falle im Bergidyll?

Das Taxi hielt, Aurelia bezahlte und schob die Tür des Fahrzeuges auf. Direkt vor ihr begann ein kleiner, bunter Vogel mit einem Lied, welches er ihr in einer fast ohrenbetäubenden Lautstärke entgegen trällerte. „Na das kann ja heiter werden!", sagte die Frau und stieg aus dem Wagen. Der Taxifahrer gab ihr die Tasche und schon brummte das Auto zurück in das nahe gelegene Dorf. Zeit zum Orientieren. Der Sänger hielt seinen Schnabel nicht und Aurelia musste zuerst drei Meter von dem Gebüsch fortgehen, damit sie in Ruhe überlegen konnte.

Mit einem Rundumblick betrachtete sie die Gegend. Es sah alles wirklich so aus, wie es der Flyer versprochen hatte. Keines der Bilder war geschönt oder nachbearbeitet worden. Lächelnd schob sie sich die Sonnenbrille in die Haare hinauf. Ein kleiner, schwarzer Kater strich um ihre Beine und Aurelia setzte sich auf eine Bank, die neben der Zufahrt stand. Erst mal einen Augenblick dieses Bild genießen. Aus dieser Entfernung war sogar das Lied des Vogels erträglich.

„Du musst Aurelia sein!" Hörte sie eine Stimme hinter sich und sie drehte sich um. Eine junge Frau in Tracht stand am Rande der Einfahrt. Sie war sehr hübsch und trug ihr blondes Haar zu einem Pferdeschwanz zusammengebunden. Das passte zwar nicht zu der Tracht, aber perfekt zu der jungen Frau.

„Ja! Und wer bist du?", fragte Aurelia und stand von der Bank auf. „Ich bin Lisa. Meinem Vater gehört die Pension." Die Frau kam auf sie zu und gab ihr die Hand. Der Händedruck war kräftig, wie man es auf dem Land wohl auch erwarten konnte. Noch ehe Aurelia zu ihrer Tasche greifen konnte, hatte Lisa sich schon den Griff geschnappt. „Ich bringe dich zu deinem Zimmer." Gemeinsam gingen sie den, mit roten Steinchen belegten, Weg zum Haus hinauf.

Sogar die Blumenwiese von dem Foto war vorhanden. Direkt vor dem Hause erstreckte sich diese über die gesamte Häuserbreite. „Das ist ja einfach himmlisch!" Aurelia begann zu schwärmen und Lisa blieb kurz stehen. „Wenn man hier wohnt, dann sieht man das wohl anders", sagte sie. Aurelia sah einen wehmütigen Zug über das Gesicht der jungen Frau wehen. Nur für den Bruchteil eines Augenblickes war die Traurigkeit dagewesen, danach lächelte Lisa wieder. „Ich mache Urlaub!", sauste es durch den Kopf von Aurelia, die schon fragen wollte, was Lisa betrübte.

Am Hauseingang angekommen, schob die junge Frau die Tür auf und hielt diese für Aurelia offen. Ein dunkler, rustikal eingerichteter Flur mit einer uralten Treppe war in dem Hause zu sehen. „Hoffentlich sind die Zimmer etwas moderner eingerichtet!", dachte sich Aurelia, denn Bilder von den Zimmern hatte der Flyer nicht zu bieten gehabt.

Argwöhnisch folgte sie der Frau in das Haus. Das Holz der Treppe knarrte bei jedem Schritt. Wenig später entspannte sich Aurelia wieder, denn das Zimmer war ein echter Traum. „Ich wohne direkt über dir und der Ausblick erst!", sagte Lisa und schob die Gardine zur Seite. Vor dem Fenster öffnete sich der Blick über das ganze Tal bis zum gegenüberliegenden Berg.

„Die Dusche ist da hinten", sagte Lisa und zeigte auf die offene Tür des Bades, „Und Essen gibt es unten. Hinter dem Haus ist ein Freisitz", setzte sie noch erklärend hinzu, drückte ihr den Schlüssel in die Hand und war auch schon wenig später verschwunden.

Aurelia schob das Fenster auf und versank in diesem Ausblick. Ruhe war und das Grün der Wiese tat den Augen so gut. Von der Seite flog der kleine Vogel auf das Fensterbrett und Aurelia hob drohend den Finger. Noch bevor sie etwas sagen konnte, nickte der Vogel und flog wieder davon.

Schnell waren die paar Sachen im Schrank verstaut und nachdem sich Aurelia kurz frisch gemacht hatte, saß sie wenig später auf einem der Stühle hinter dem Haus. Ein großer Sonnenschirm schützte vor der, doch schon ziemlichen heißen, Sonne.

Aurelia sah sich weiter um. Ein paar Familien saßen an anderen Tischen und zwei kleine Kinder streichelten ein Schaf, welches auf der Wiese in der Nähe stand. Einfach ein Idyll! Lisa erschien mit der Speisekarte und fragte „Willst du erst mal was trinken?" „Ein großes Wasser mit Sprudel." Aurelia öffnete die Karte und sah hinein.

Die Anzahl der Gerichte war überschaubar und typisch für die Gegend. Bereits einen Augenblick später hatte sie sich für den Salat entschieden und bestellte diesen bei Lisa, die sich gerade abwenden wollte. Nickend nahm die Frau die Bestellung entgegen und ging zum Haus zurück.

Als sie mit dem Teller zurückkam, begann an einem der Nachbartische ein Baby zu weinen und erinnerte Aurelia damit schmerzhaft an Sofie, die sie ja bei Lilith zurückgelassen hatte. Irgendwie fühlte sich das gerade falsch an, dass sie sich hier erholte und die Tochter nicht bei ihr war. Die letzten Monate waren sie nie getrennt gewesen. Warum war sie nur auf diesen verrückten Vorschlag eingegangen?

Lisa stellte den Teller vor sie hin und sagte dann „Hallo Lilith. Schön dich mal wieder zu sehen!" Aurelia blickte fragend vom Teller auf und drehte sich um. Zwei Schritte hinter ihr stand die Dämonin. Aber nicht in den bisher von ihr gewohnten Kleid, sondern ebenfalls in einem Dirndl. Fast hätte Aurelia losgelacht, als sie die Mutter so stehen sah, doch es blieb ihr im Halse stecken, denn wenn sie hier war, wer passte dann auf Sofie auf?

„Was machst du denn hier?", fragte Aurelia fast zornig. „Ihr kennt euch?", fragte Lisa, die auf Lilith zugegangen war. „Ja! Meine Mutter! Die eigentlich auf meine Tochter aufpassen wollte!"

Aurelia schnaubte vor Wut und wollte schon auf-
springen.

„Gabriel passt auf sie auf. Schließlich ist es
auch sein Enkelkind!", erklärte Lilith und setzte
sich zu ihr. „Ich nehme das gleiche", sagte sie
noch und zeigte auf Aurelias Teller. Lisa nickte
und verschwand. „Du lässt einen Erzengel Win-
deln wechseln?", fragte Aurelia überrascht und
Lilith nickte, während sie sich ein Salatblatt von
Aurelias Teller angelte. „Und was machst du nun
hier?", fragte Aurelia weiter. „Ich hatte so das
Gefühl, dass du wieder zurückwolltest!", entgegnete die Dämonin und schob sich das Blatt in den
Mund. „Du sollst dich erholen!", setzte sie kau-
end hinzu und sah Aurelia ein wenig drohend an.

Das Essen von Lilith wurde von Lisa gebracht
und Aurelia kam nicht umhin, die Mutter von der
Seite aus anzusehen. In ihr machte sich so ein
Gefühl breit, das an diesem Urlaub noch ein Haken dran war. Aus irgendeinem Grund fühlte sich
Aurelia von Lilith in eine Falle gelockt. Aber
vielleicht war das ganz normal, wenn man auf
den Rat einer Dämonin hörte.

5. Kapitel

Suchende Augen

Erst am Morgen, im ersten Licht des neuen Tages, hatte sich Franz wieder in die Nähe des Hauses getraut. Es war eine erneute Erniedrigung gewesen, als er aus der Blumenrabatte seine Hose und das T-Shirt aufsammeln musste. Die Socken hingen im Rosenstrauch und ständig hatte er Angst davor gehabt, dass Alois mit der Flinte aus der Tür kam. Die Flucht, nackt in der Nacht, war schon schlimm genug gewesen.

Nun war es Tag und er beobachtete das Haus aus der Entfernung. Was hatte ihn nur zu dieser Wahnsinnstat bewogen? Er wusste es nicht! Schon immer hatte er Lisa gekannt. Sie waren zusammen im Kindergarten und in der Schule gewesen. Nie war sie ihm dabei großartig aufgefallen. Irgendwie hatte sie es verstanden, für ihn unsichtbar zu bleiben.

Auf dem Foto von der Einschulung hatten sie sogar nebeneinander gestanden, wie er erst jetzt festgestellt hatte. Lisa sah darauf eher wie ein Junge aus. Kurze Haare, Brille und kurze Lederhosen. Fast so wie er. Lange war es her gewesen.

Und dann hatte sie am Sonntag in der Kirche neben ihm gesessen und mit einem Mal hatte er erst realisiert, was für eine wunderschöne Frau sie geworden war. Es war fast so, als ob der Finger Gottes sein Herz angestupst hatte. In der Bankreihe hatte er sie aus dem Augenwinkel gemustert. Das Dirndl stand ihr sehr gut und es war auch gut gefüllt. Zu gern hätte er ihre Hand genommen, aber der Blick ihres Vaters hatte ihn das nicht wagen lassen.

Dann diese Nacht! So kurz vor dem Ziel hatte er verschwinden müssen! Praktisch unverrichteter Dinge. Aber sie war auch nackt sehenswert und schon alleine dieses Bild, das sich tief in sein Gedächtnis eingebrannt hatte, das war das Risiko wert gewesen.

Irgendetwas zog ihn zu ihr und er konnte nicht sagen, was es war. Jedenfalls schlug sein Herz schneller, wenn er nur an Lisa dachte.

Gerade kam sie aus der Tür und ging zum Briefkasten. Franz konnte sein Herz hören! Es schien ihm die Brust sprengen zu wollen. Als er sich endlich aufgerafft hatte, um die Deckung zu verlassen, da trat ihr Vater hinter ihr aus dem Haus. Sofort fiel Franz wieder auf die Bank zurück. Halb durch die Hecke verdeckt beobachtete er, wie Lisa in das Haus zurückging.

So würde er nicht arbeiten können! Er sollte sich krankschreiben lassen! Schnell stieg er auf sein Moped, fuhr zum Arzt und erzählte diesem etwas von Kopfschmerzen und Übelkeit. Zwei Tage frei war das Ergebnis seiner Schwindelei! Zwei Tage, in denen er zur Ruhe kommen konnte.

Wenig später lag er auf dem Sofa und starrte die Zimmerdecke an. Kein Vergleich zu Lisa! Immer wieder gingen seine Gedanken auf die Reise zu ihr. Und wenn er die Augen schloss, dann sah er, wie sie vor ihm gelegen hatte! Das half ihm auch nicht weiter! Da hätte er auch arbeiten können!

Immer verzweifelter versuchte er, sie zu vergessen, doch genau das Gegenteil war das Resultat! Jede Minute musste er an sie denken! An ihre Schulzeit, in der er sie kaum beachtet hatte. Erst im Nachhinein erinnerte er sich an Ferienlager und Sportunterricht. Damals hätte er sie nur ansprechen müssen.

Sein Blick fiel auf die Packung Schlaftabletten. Konnten die helfen? Wenn er schlief, dann würden die Gedanken vielleicht zur Ruhe kommen. Er nahm sich zwei Tabletten und holte sich in der kleinen Küche ein Glas, dass er unter dem Wasserhahn volllaufen ließ.

Auch dabei gingen seine Gedanken zu ihr. Vor ein paar Wochen war er in dem Biergarten an ihrem Haus gewesen und hatte dort mit Freunden einen Geburtstag gefeiert. Erst jetzt erinnerte er sich an ihr Lächeln, als sie ihm das Glas Bier gegeben hatte. Damals war er durch irgendetwas anderes abgelenkt gewesen und auch die Sprüche seiner Freunde fielen ihm erst jetzt wieder ein. Seufzend dachte er daran.

Es waren eigentlich obszöne Witze über die Frau gewesen, die immer nur mit dem Vater im Hause war. Erst jetzt schmerzten diese Worte. Oder war da wirklich etwas daran und der Schuss hatte einen ganz anderen Grund, als die Tochter zu beschützen? Lisa und Alois? Da setzte sich gerade ein Bild in seinem Gehirn zusammen, das er versuchte, schnell wieder aus dem Kopf zu bekommen. Es war eine irrsinnige Idee!

Zwei Tabletten, mit einem Schluck Wasser heruntergespült. Sie machten nach einer Weile etwas benommen und schläfrig.

Als sich Franz in das Bett legte, blieb sein Blick auf dem Einschulungsfoto hängen, dass er noch nicht wieder fortgeräumt hatte. Warum hatte er es auf den Nachttisch gelegt?

Franz streckte seine Hand aus, um es in die Schublade des Nachttisches zu schieben, aber bevor ihm dies gelingen konnte, entfaltete das Medikament seine volle Wirkung. Mit Lisa vor den Augen schlief er ein und wie nicht anders zu erwarten war, erschien sie ihm im Traum. Nackt und wunderschön! Aber auch ihr Vater war da und zielte mit einer Kanone auf ihn. Der Knall des Kanonenschuss riss ihn aus dem Traum. Sein Herz raste und er suchte nach der Verletzung, aber es war nur das Fenster gewesen, das der Wind über ihm zugeschlagen hatte!

Er setzte sich im Bett auf und schob das Bild in die Nachttischschublade. Ein anderes Bild fiel ihm in die Hand. Kommunion! War sie da auch dabei gewesen? Sicherlich! Er suchte ihr Gesicht auf dem Foto.

Es dauerte eine Weile, bis er sie gefunden hatte. Mit dem Finger strich er über ihr Gesicht. „Ich war ein Idiot!", entfuhr es ihm. Er hatte damals mit Susanna rumgemacht und dabei Lisa übersehen. Sie stand praktisch hinter ihm. Und ihr Blick! Wenn er diesen ein paar Jahre eher gesehen hätte, dann! Ja! Was wäre dann gewesen? Franz schlug sich mit der Hand vor die Stirn. Er kramte das alte Album mit den Fotos aus Kindertagen heraus. Auf jedem Foto suchte er nun ihre Augen.

Seite für Seite! Auf fast jeder Fotografie war Lisa in seiner Nähe gewesen und sie hatte sogar vor ihm in der Schule gesessen, wie ein Bild unwiderlegbar bewies. So viele Jahre verschwendet! Wie konnte er ihr Nahe sein? Eigentlich brauchte er nur in den Biergarten gehen, doch dort würde auch Alois sein!

Er erhob sich von seinem Bett und ging zum Fenster hinüber. Sein Blick wanderte die Dorfstraße entlang. Am Ende des Weges zweigte der Pfad zu ihr ab. Seine Augen suchten den Giebel des Hauses. Sogar ihr Fenster war von hier aus zu sehen, wie Franz jetzt gerade überrascht feststellte. Mit einem Fernglas könnte er sie sogar beobachten! Hatte er nicht irgendwo eins gehabt?

6. Kapitel

Ein Engel oder ein Prinz!

*L*isa blickte auf den Zettel. Der Name stand darauf. Wie sollte sie die fremde Frau anreden? Mit Aurelia? Oder Frau Engel? Jedenfalls stand dort, dass das Taxi sie gegen Mittag bringen würde. Das Zimmer war bereit und eigentlich im Moment gerade nicht viel zu tun! Darum setzte sich Lisa auf die Bank unter dem Apfelbaum und wartete. Die zwei Gäste im Biergarten konnte auch der Vater mal mit Bier versorgen. Den ganzen Vormittag war sie schon auf den Beinen und trotz guter Schuhe schmerzten ihre Füße. Eigentlich hätte sie sich doch nach all den Jahren schon an die Rennerei gewöhnen müssen, doch irgendwie ging das nicht. Sie zog einen der Schuhe aus, massierte ihren Fuß und beobachtete die Straße.

Es dauerte eine Weile, bis sie ein Taxi sah, das zu ihrer Einfahrt abbog. Schnell zog sie sich den Schuh wieder an, schloss den Klettverschluss und eilte die Wiese hinab. Eine junge Frau, wohl kaum älter als sie selbst, saß an der Einfahrt. „Frau Engel" klang da wohl zu förmlich, daher sprach sie die Frau gleich mit dem Vornamen an.

Das Lächeln der Frau war sympathisch und wirkte ansteckend. Gemeinsam betraten sie das Haus und Lisa zeigte ihrem Gast das Haus. Sie liebte es, die Urlauber hier zu begrüßen. Selbst hier Urlaub zu machen, das wäre echt viel zu schön gewesen.

Nur wenig später trafen die „Mittagsgäste" ein. Die blieben aber meist bis zum Abend und mussten nur regelmäßig mit Vaters Bier versorgt werden. Der Vater mochte es nicht, wenn ein Glas leer auf dem Tisch stand, daher musste sie nun eilen.

Nach einer Weile setzte sich auch Aurelia nach unten. Es war ein schöner, warmer Frühsommertag und eigentlich wäre es die Zeit zum Ausruhen gewesen, denn die Wintergäste waren seit ein paar Wochen fort und die Sommergäste würden in einem Monat über das Dorf hereinbrechen. Doch sie hatte keine Zeit zum Verschnaufen!

Schon eine geraume Zeit fühlte sich Lisa fertig und ausgelaugt. Und wäre es nicht die Pension ihres Vaters, und damit ihre eigene, dann hätte sie sicherlich gekündigt und alles hingeschmissen. Alleine war der Betrieb kaum aufrechtzuerhalten.

Irgendwann erschien dann auch Lilith, die schon öfters bei ihnen zu Gast gewesen war. Aus den kurzen Gesprächen schloss Lisa, dass Lilith die Mutter von Aurelia war, auch wenn das nach Liliths Aussehen eigentlich unmöglich war. Die Frau sah blendend aus und konnte höchstens Mitten dreißig sein.

Lisa fühlte sich wohl in der Nähe der beiden Frauen, denn von ihnen ging so ein herzliches Strahlen aus. In Aurelias Brieftasche hatte sie beim Bezahlen ein Foto von der Frau mit ihrem Kind gesehen und da hatte sich so eine Wehmut durch ihren Körper gezogen.

Als ihre Mutter so alt gewesen war, wie Lisa jetzt, da hatte diese sie schon im Arm gehabt. Und was war mit ihr? Schon jahrelang keinen Freund mehr. Und das war auch nur Siegfried gewesen. Ein paar Mal Sex und aus! Das Sehnen nach irgendjemanden, der sie liebte und in den Arm nahm, war fast schmerzhaft! Und nun fühlte sie sich so unendlich einsam!

Musste man da nicht verzweifeln? Was hielt sie noch hier? Die Pflicht? Vielleicht sollte sie wirklich gehen! Irgendwo etwas Neues aufbauen? Vielleicht bei Ruth im Hotel mitarbeiten? Auch wenn Siegfried dann ihr Chef wäre, aber schlimmer als hier konnte es kaum werden!

Beim Grübeln schoss noch eine Alternative durch Lisas Kopf: die Mutter! Konnte sie bei ihr unterkommen und sich dann in der Stadt irgendetwas Neues suchen?

In einer kurzen Pause in der Küche zog sie langsam ihr Handy auf dem Fensterbrett zu sich. Da musste doch noch die Nummer gespeichert sein! Seit mehr als zwei Jahren nicht gewählt. Mit dem Finger auf der Kontaktliste dachte sie an die Treffen mit der Mutter und an die frostige Stimmung dabei. Anscheinend hatte die Mutter ihr nie verziehen, dass Lisa hier geblieben war, aber was hätte sie tun sollen? Sie war zehn gewesen und hatte den Vater geliebt!

Den von damals, nicht diesen griesgrämigen, alten Mann, der sie den ganzen Tag nur antrieb. „Lisa!", hörte sie ihn schon wieder brüllen. Nicht mal in der Pause hatte sie noch Ruhe. Widerwillig erhob sie sich und antwortete ihm. „Komm schon! Wir haben Gäste!", blaffte er sie an, als ob sie das nicht wüsste.

Neue Rennerei! Acht Krüge Bier mit einem Mal zu einem Tisch, danach zwei Tische abkassieren. Warum konnte nicht wirklich ein Engel kommen, der sie hier rausholte? Oder ein Prinz? Auf einem weißen Pferd? Das Pferd hatte sie selbst! Es stand im Streichelzoo für die Kinder bereit. Gerade liefen wieder ein paar von ihnen zu der Scheune hinüber. Einfach aufsitzen und weg! Das wäre es doch!

Aber sie zögerte. Sie zögerte schon zehn Jahre lang! Und lange würde das nicht mehr gut gehen, dass konnte sie in ihrem Bauch fühlen.

Die Erschöpfung saß schon viel zu tief! Träumend dachte sie an Franz, den sie schon immer gemocht hatte. Nie hatte er sie beachtet, bis zu jenem Abend, als er die wackelige Leiter zu ihr heraufgestiegen war. War er ihr Prinz? Konnte er sie Wachküssen? Seine Küsse hatten gut geschmeckt, nach Liebe und Freiheit. Und der Vater hatte mit der Waffe dafür gesorgt, dass sie blieb. Wie ein Aufseher im Gefängnis! Und so fühlte sie sich oft. Hinter Gittern! Im Streichelzoo des Lebens eingesperrt.

Sie übersah einen Knüppel, den eines der Kinder in den Weg gelegt hatte und flog ein

Stück durch die Luft, bevor sie, mit den glücklicherweise leeren Bierkrügen in der Hand, schmerzhaft den Boden berührte. Der Teppich hatte sie aufgefangen, wodurch es wenigstens keine Verletzungen gab, nur ein paar blaue Flecken würden bestimmt bleiben. Und ein halbes Dutzend zerbrochene Krüge.

Nichts passiert! Doch der Vater schimpfte, als ob sie das ganze Restaurant zertrümmert hätte. Das war das Ende! Heulend rannte sie in den Keller und bekam sich nicht mehr ein.

Wenn es noch eines letzten Anstoßes gebraucht hätte, zu gehen, dann war das hier dieser Anstoß.

Lisa schwor sich, dass, wenn Aurelia gehen würde, sie ebenfalls ging. Warum sie das nun gerade an Frau Engel festmachte, das wusste sie nicht, aber das Gefühl war einfach genau so!

Mit dem Handrücken wischte sie sich die Tränen ab. In der spiegelnden Oberfläche eines Metallzylinders putzte sie sich mit einem Taschentuch die verlaufene Wimperntusche ab. Ent-

schlossen wie nie zuvor ging sie nach oben und
bediente lächelnd die Gäste weiter.

„Wo ist mein Prinz?", sauste es durch ihren
Kopf. „Hol mich hier raus!", schrien ihre Gedanken verzweifelt nach oben, während sie lächelnd
eine Bratwurst servierte.

7. Kapitel

Erholung pur

Die Nacht war ruhig und der Schlaf richtig entspannend gewesen. Verschlafen sah Aurelia zu dem kleinen Vogel, der auf dem Fensterbrett saß und zu ihr herein sah. Nicht einen Ton hatte er bisher von sich gegeben. Vielleicht hatte die Drohung vom Vortag etwas genutzt. Die Sonnenstrahlen, die durch das offene Fenster in das Zimmer gelangt waren und nun in ihr Gesicht fielen, die hatten Aurelia aus dem Schlaf geweckt. Ein Duft von frischem Gras zog durch den Raum.

Am Abend zuvor hatte sie noch lange mit Lilith auf der Bank gesessen und die Dämonin hatte ihr erklärt, dass sie in dieser Herberge auch schon ein paar Mal Urlaub gemacht hatte. Daher kannte Lisa sie. Eigentlich konnte sich Aurelia kaum vorstellen, was ihre Mutter hier in solch einem Kaff gemacht hatte. Das Dorf schien völlig verschlafen zu sein und eine Partymaus, wie es Lilith nun mal war, die hatte hier doch sicher keinen Spaß gehabt.

Ein Pfeifen wehte von draußen herein, aber es war nicht der Vogel, der sie immer noch mit schräg gehaltenem Kopf vom Fensterbrett aus ansah. Aurelia schlug die Decke zurück und setzte ihre nackten Füße auf den Holzfußboden. Schnell ging der Engel die zwei Schritte bis zum Fenster. Diese Aussicht war einfach nur überwältigend und sie hätte sich nicht daran sattsehen können.

Das erneute Pfeifen zog ihren Blick nach unten. Vor dem Haus war ein Mann mit einer Sense damit beschäftigt, Gras in Heu zu verwandeln. Fröhlich vor sich hin pfeifend, schwang er mit freiem Oberkörper und in kurzen Hosen seine Sense. Dieser Anblick erklärte zumindest den Aufenthalt von Lilith.

Schmunzelnd begab sich Aurelia unter die Dusche und ließ das warme Wasser richtig lange über ihren Körper laufen. Solche Annehmlichkeiten waren schon fast aus ihrem Gedächtnis verschwunden gewesen. Sie nahm den Schlager des Mannes auf und summte dabei die Melodie einfach mit. Die Wassertropfen schienen den Rhythmus gegen die Wand der Duschkabine zu trommeln. Fast musste sie dabei lachen.

Es dauerte danach gar nicht mehr lange, da saß sie mit kurzen Hosen und T-Shirt auf einem Liegestuhl in der Sonne. Urlaub, so wie er sein sollte. Durch die Sonnenbrille ging ihr Blick zu dem Mann, der immer noch auf der Wiese tätig war. Nun war er aber mit einer Harke beschäftigt und wendete das Heu.

Das frisch gemähte Gras roch wirklich würzig und die Stille war ganz anders, als sie das aus der Großstadt gewohnt gewesen war. Zu schnell hatte sie sich mit dem Lärm dort abgefunden. Nun legte sie sich entspannt zurück und blinzelte zur Sonne hinauf.

Lisa kam zu ihr und brachte eine Flasche Wasser. Aurelia nickte ihr dankbar zu und dann hörte sie einen Mann, der schimpfend aus dem Stall kam. „Mein Vater", sagte Lisa und zog dabei eine Schnute. Irgendwie sah es komisch aus und trotzdem war da etwas darin, was Aurelia aufhorchen ließ. So ein Unterton, der verriet, dass Lisa nicht ganz freiwillig hier arbeitete.

Der Engel schob die Brille hoch, zeigte auf den Platz neben sich und fragte „Willst du darüber reden?" Fast ängstlich sah Lisa zu ihrem Vater zurück, nickte dann und setzte sich. „Eigentlich muss ich noch Betten machen und zwei Zimmer vorbereiten", begann sie und saß wie auf dem Sprung.

Mit dem Blick auf das Haus setzte sie fort „Ich lebe hier wie eingesperrt. Letztens hat er sogar auf meinen Freund geschossen!" „Er hat was gemacht?", fragte Aurelia und setzte sich auf. Im Gesicht von Lisa war deutlich zu lesen, dass sie nicht wusste, warum sie sich Aurelia gerade anvertraute, aber es schien ihr gutzutun, mit jemanden darüber reden zu können.

„Ja! Mit der Schrotflinte!", erklärte sie weiter. „Auf ihn?", fragte Aurelia und zeigte auf den Mann, der immer noch auf der Wiese arbeitete. „Nein. Das ist der Anton. Der Franz hat letztens versucht, zu Fensterln!" „Es ist aber bei dem Versuch geblieben?" „Ja! Leider!", seufzte Lisa. „Lisa!", hörte sie es aus dem Haus brüllen und die junge Frau sprang sofort von dem Liegestuhl auf. Wie ein gehetztes Reh rannte sie zu der offenen Tür und verschwand darin.

Irgendwie machte sich die Vermutung in Aurelia breit, dass Lilith mit diesem Urlaub wohl doch mehr bezwecken wollte, als das sie sich nur erholte. Lange sah sie zu der nun geschlossenen

Tür, dann begann sie über sich selbst nachzudenken.

Irgendwie lebte sie wohl im Moment genau so, wie auch Lisa. Vielleicht nicht ganz so schlimm, aber was die Liebe betraf schon. Sehnsüchtig dachte sie an Daria, die seit Sofies Geburt fast ständig um die Welt jettete. Im letzten Jahr hatten sie sich kaum gesehen und wenn, dann war es eigentlich nur um die Tochter gegangen. Das Leben einer Mutter konnte schon irgendwie die Liebe töten. Und das auch, wenn die Mutter ein Engel der Liebe war, wenn auch gerade im Ruhestand!

Vielleicht gehörte das mit zum Urlaub dazu, dass sie die seelischen und körperlichen Genüsse mal wieder so richtig ausleben konnte. Und wenn Lilith hier das große Glück gefunden hatte, warum sollte es ihr nicht genauso gehen?

Anton zog ihren Blick zu sich. Der Mann pfiff gerade irgendein Lied, während er die Sense in den Schuppen brachte. Direkt vor ihr zog er dann sein Hemd über, lächelte sie an und ging. Einen Augenblick später erschien eine gehetzte Lisa vor ihrem Liegestuhl und fragte „Brauchst du noch etwas?" Fast hätte Aurelia „Die Liebe!" gesagt, doch sie schüttelte den Kopf, zog das T-Shirt aus und legte sich im Bikini zum Bräunen zurück. Ihre Haut hatte immer noch die Farbe einer frischen Babywindel und das musste sich erst mal ändern.

Während sie mit geschlossenen Augen in der Sonne lag, gingen ihre Gedanken auf eine Reise. Was konnte sie tun? Auf eine Party gehen! Dazu musste sie mit Lisa reden, wann hier mal etwas los war. Oder sie konnte auch Lilith fragen. Das ginge wohl am schnellsten.

Der Engel setzte sich auf und versuchte sich zu ihrer Mutter zu bewegen, aber es klappte nicht. Auch das unsichtbar machen funktionierte nicht. Irgendwie waren ihre Fähigkeiten wohl etwas eingerostet. Kopfschüttelnd rief sie „Lilith!" und die Dämonin erschien nur wenige Augenblicke später vor ihrem Liegestuhl.

„Du hast mich gerufen", sagte sie und machte eine Verbeugung, die Aussah, wie die des Flaschengeistes von Aladin. Ziemlich komisch sah das aus und Aurelia musste darüber lachen.

Wenige Sekunden später lag Lilith neben ihr. Diesmal hatte sie das gewohnt kurze Kleid an. „Sage mal", begann Aurelia und blinzelte die Frau an. „Ich bin doch nicht nur zum Erholen hier. Oder?", fragte sie und die Dämonin schlug die langen Beine auf der Liege übereinander. „Alles kann Erholung sein!", gab sie verschmitzt zurück und verschränkte ihre Arme hinter dem Kopf.

8. Kapitel

Dämonentanz

*H*and in Hand ging sie mit Lilith den Weg zum Dorf hinunter. Noch immer hatte Aurelia keine Antwort von der Dämonin bekommen, ob hinter dem Urlaub noch ein anderer Gedanke steckte. Jetzt trug Aurelia ein ähnliches Kleid wie die Mutter, aber irgendwie stand es Lilith besser. Wie machte die das nur? Insgeheim bewunderte und verfluchte der Engel sie dafür.

In den beginnenden Abend hinein waren sie von der Herberge aufgebrochen, weil in einem Saal im Dorf am Abend Tanz sein sollte. Zumindest hatte das Lilith erzählt und die war für gewöhnlich gut informiert, was Partys anbetraf.

„Ich habe das Gefühl, dass du jetzt mehr mit mir zusammen bist, als mit Sofie", begann Aurelia und setzte sofort hinzu „Wolltest du nicht eigentlich etwas mehr Zeit mit deiner Enkeltochter verbringen?" Mit einem Seitenblick sah sie die Mutter lächeln. „Die schläft und ich habe mein Babyfon dabei", erklärte sie und zeigte ein seltsames Gerät, was nicht wirklich wie ein Telefon aussah. „Irgendwie drängelt sich mir immer mehr der Verdacht auf, dass die Idee mit dem Urlaub nicht wirklich darum ging, dass du meine Tochter mal haben willst. Oder?", fragte Aurelia und Lilith blieb stehen.

„Natürlich!", entgegnete sie. „Es geht hier darum, dass du dich erholst!", setzte sie hinzu und nahm Aurelia in den Arm. Zwei Schritte weiter sagte sie „Und jetzt lass uns Spaß haben!" „Wie bist du eigentlich auf dieses Dorf hier gekommen? Das ist doch gar nicht dein Stil?", fragte Aurelia und Lilith nickte ihr verschmitzt zu. „Wenn du dann in den Saal kommst, dann wirst du es verstehen!" Erneut ließ die Dämonin beim Lachen ihre langen Eckzähne aufblitzen. „Und jetzt entspann dich und habe Spaß!" Dann standen sie vor einem großen Gebäude, vor dem schon einige Autos abgestellt waren. Gedämpfte Musik kam aus dem Inneren des Gebäudes.

Lilith zog einen kleinen Spiegel aus ihrer Handtasche und warf einen Blick darauf. Mit zwei schnellen Bewegungen ordnete sie ihr Haar und schob den Spiegel zurück. „Bereit?" Die Dämonin sah sie fragend an. „Ich bin irgendwie etwas eingerostet!" Jetzt wollte Aurelia eigentlich wieder zurück, doch die Frau schob sie einfach durch die, von einem Mann offen gehaltene, Tür.

Im Saal war die Musik deutlich lauter, was auch zu erwarten gewesen war. Während Lilith in die Mitte des Raumes ging, und damit sofort auf der Tanzfläche im Scheinwerferlicht stand, blieb Aurelia im Dunkel am Eingang stehen.

Lilith warf ihren Kopf zurück, ließ die gerade erst sorgfältig zurechtgelegten Haare fliegen und war damit nicht nur räumlich im selben Augenblick der Mittelpunkt der Party.

Alle Augen hatten sich sofort auf sie gerichtet und die Männer waren auch schon auf dem Weg zur Mitte der Tanzfläche. Binnen Bruchteilen eines Wimpernschlages war die Dämonin von einem Dutzend Männern umringt, die alle gleichzeitig mit ihr tanzten.

Nun nickte Aurelia verstehend. Woanders hätte sie die Männer mit vielen anderen Frauen teilen müssen, hier war sie die Königin. Ein paar wenige Frauen standen nun mit missmutig wirkenden Gesichtern an der Seite der Tanzfläche.

Langsam schritt Aurelia in der Dunkelheit am Rande des Saales zur Bar hinüber. Der Blick des Engels glitt zu allen Anwesenden. In diesem Lokal schienen nur zwei Männer gerade nicht mit ihren Augen die Mutter auszuziehen. Einer davon war der Knecht, der Aurelia am Morgen geweckt hatte und ein zweiter Mann saß an der Bar und starrte in seinen Drink.

Aurelia setzte sich neben ihn, winkte den Barmann zu sich und bestellte sich ein Getränk. Etwas mit Alkohol! Die ganze Zeit über hatte sie, weil sie ja bisher Sofie gestillt hatte, auf jedes alkoholische Getränk verzichtet. Das war damit also der erste „richtige" Drink seit langem!

Und bereits der erste Schluck ging in den Kopf und machte die dämonischen Schritte der Mutter nur noch unglaublicher. Lilith schien keine Knochen zu haben, so warf sie sich hin und her. In irgendeinem Film hatte Aurelia etwas über Tänze der Hexen gehört und so ähnlich musste das wohl damals auch ausgesehen haben.

Vom Tanz der Mutter abgelenkt stieß sie mit dem Ellenbogen das Glas des Mannes neben ihr um. Der Drink ergoss sich über den Tresen und lief auf die Hose des Mannes. Dieser sprang auf, doch für eine Rettung war es schon zu spät. Zornig funkelte der Mann sie an, bis er erkannte, dass es kein Mann, sondern eine Frau gewesen war.

Der Zorn verflog sofort und Aurelia sagte „Entschuldigung!" Ihre Zunge schien ihr aber schon nicht mehr gehorchen zu wollen. Und das nach nur einem halben Glas!

Ungeschickt versuchte sie mit einer Serviette das Malheur etwas einzugrenzen. Unbeholfen tupfte sie den Schoß des Mannes ab, doch der Mann nahm ihr schnell das Stoffstück aus der Hand und legte es zurück auf die Bar.

„Ich bezahle dir wenigstens einen neuen Drink", erklärte Aurelia unsicher und winkte dem Barmann zu. Das Getränk kam sofort und wurde von dem Mann als Entschuldigung akzeptiert. Es begann ein Gespräch zwischen ihnen beiden, das aber eher den Status einer Unterhaltung zwischen zwei Kumpeln einnahm und nicht den von Mann und Frau, die sich noch nie vorher gesehen hatten.

Im Laufe der Unterhaltung erzählte er, dass er erst vor kurzen beschossen worden war und daraus schloss Aurelia, das es der Franz war, von dem ihr Lisa erzählt hatte. Nun kamen sie über Lisa in eine weitere Vertiefung des Gespräches. Das nächste Getränk bezahlte Franz und die Stimmung von Aurelia wurde immer besser.

Offensichtlich machte es dem Mann nichts aus, hier mit feuchter Hose zu sitzen. Und er schien auch gar kein Interesse an ihr als Frau zu haben. Das „hab Spaß" von Lilith würde sich wohl damit nur auf das Gespräch beziehen. Und vielleicht auf den Wodka, der in ihrem Cocktail war.

Das störte sie aber in keinster Weise. Die Musik wurde immer lauter und an der Bar schien es besonders zu dröhnen. Neben ihr holten einige Männer ihre Partnerinnen von der Bar ab und sie schloss daraus, dass Lilith mit einem Glücklichen gerade den Saal verlassen hatte.

Mit den Getränken begaben sich Franz und Aurelia zu einem Tisch in der Ecke, wo sie sich halb auf ein Sofa legen konnte. Ohne den Mann hätte die Strecke wohl dreimal so lange gedauert. Sitzend, kichernd und erzählend ging es eine ganze Weile weiter. Irgendwie drehte sich aber schon alles um Aurelia herum.

9. Kapitel

Ablenkungen

Die Zeit der Krankschreibung hatte nichts genutzt. Immer noch fühlte sich Franz krank. Aber es war nur die Sehnsucht nach ihr. Dieses Ziehen in der Brust, wenn er nur an sie dachte. Noch nie hatte er so gefühlt und es schien ihm nicht normal zu sein. Mehr als zehn Jahre waren sie praktisch immer beieinander gewesen und nichts war passiert. Ein Blick in der Kirche hatte alles verändert. Ein Moment, der sich tief in ihm eingebrannt hatte.

Auf der Arbeit hatte er sich die Drechselbank genommen. Da konnte nicht ganz so viel passieren, wie bei der Kreissäge, wenn er mal kurz zu Lisa mit seinen Gedanken abschweifte. Stuhlbeine konnte er fast blind drehen. Und so waren seine Gedanken mehr bei der Frau, als bei der Arbeit. Aber keiner merkte es.

Dutzende Stuhl- und Tischbeine später war Feierabend und die Aussicht darauf, wieder alleine in der Wohnung zu sein, die gefiel ihm so gar nicht. Was konnte er tun? Auf ein Bier zu Alois gehen? Mit der Gefahr, dass Lisa ihn bedienen würde und er danach die doppelläufige Flinte vor der Nase haben würde? Lieber nicht! Er brauchte Ablenkung! Auf dem Heimweg sah er das Schild, dass wieder Tanz im Dorfkrug war. Vielleicht würde das etwas Ablenkung bringen. Andere Frauen, Musik und Bier! Warum nicht?

Er zog sich um, hüllte sich in das teure Parfüm und ging los. Wie immer waren die üblichen Gäste hier. Mit einigen der anwesenden Frauen hatte er schon mal die eine oder andere unverbindliche Nacht verbracht, doch danach war ihm im Moment nicht.

Er wollte Ablenkung und reden. Über irgendetwas. Nur nicht über Lisa! Da blieb nun nur der Alkohol!

Etwas später erschienen zwei Frauen, die beide sehr hübsch waren und ihm auch noch unbekannt. Sicher Urlauberinnen auf der Suche nach etwas Spaß. Die eine stürzte sich sofort auf die Tanzfläche, während ihm die andere ungeschickt sein Getränk auf die Hose schüttete. Abkühlung hatte er damit schon mal.

Durch das Missgeschick kam er mit Aurelia schnell in ein Gespräch, aber ehe es so richtig begonnen hatte, drehte es sich schon um Lisa, denn Aurelia wohnte dort in einem Zimmer. Vielleicht sollte es einfach so sein und darum saßen sie wenig später an einem Tisch. Dort redeten sie weiter, aber nun waren seine Gedanken ständig bei Lisa. Er suchte sogar ihren Blick in Aurelias Gesicht. Beide Frauen waren sich etwas ähnlich. Sie hätten Schwestern sein können und mit jedem Drink wurden sie sich noch ähnlicher.

Anscheinend vertrug Aurelia wohl nicht so viel, denn nach ein paar Gläsern lag sie ihm im Arm, lallte und versuchte ihn zu küssen. Doch um die Situation für sich auszunutzen, dafür hatte er einen Drink zu wenig. Allerdings schob sich ein neuer Gedanke in seinen Kopf: Aurelia war seine Eintrittskarte bei Lisa!

Wenn er sie in der Pension abgab, dann würde er Lisa dort treffen. Und er hatte einen Grund für seinen Besuch. Da konnte selbst Alois nichts dagegen sagen.

Er zahlte und mit Aurelia auf seinen Armen verließ er das Lokal. Der Weg war weit und die Frau wurde schon nach ein paar Schritten schwer.

62

Wie sollte er die Frau dorthin bringen? Sollte er sie über Nacht bei sich lassen? Seine Wohnung war ja in der Nähe!

Doch das schien ihm auch nicht richtig und er wollte Lisa sehen. Jetzt! In der Nähe stand eine Schubkarre und er legte die Frau da hinein. Aurelia schlief nun fast und das Rütteln des Gefährtes störte sie kaum. Franz fuhr durch die Nacht mit der Frau vor sich.

Aurelia lag mit dem Kopf von ihm weg, beide Beine auf den Seiten heraushängend. Das kurze Kleid war ihr hochgerutscht und im Mondlicht konnte er ihren Schlüpfer sehen. Der schien fast zu leuchten! Eigentlich eine Einladung, aber er blickte nicht auf sie herab, sondern voraus auf die Lampe am Straßenrand, die das Schild der Pension anstrahlte. Das war sein Ziel, nicht der Schoß, der direkt vor ihm lag.

Das letzte Stück nahm er Aurelia erneut auf seine Arme und trug sie die Einfahrt hoch bis zur Haustür. Lisa saß auf der Bank vor dem Haus und kam ihm entgegen. „Aurelia hat wohl zu viel getrunken!" Franz stellte die Frau auf die Füße und hielt sie fest. „Ich danke dir und bringe sie gleich hoch." Lisa gab ihm die Hand, hielt nun Aurelia oben und rief nach ihrem Vater. Schnell entfernte sich Franz wieder, brachte die Schubkarre zurück und ging in seine Wohnung.

Mit einer Flasche Bier ließ er sich in den Sessel fallen, aber in seinen Gedanken war er noch bei Lisa. Auf dem Tisch sah er ein Foto liegen. Es war das Abschlussfoto der Schule. Franz stellte die Flasche zur Seite und nahm das Bild an sich.

Die Gedanken flogen zurück. Damals war er mit Ramona zusammen und hatte nur Augen für sie gehabt. Ein paar Tage nach diesem Foto hatte sie mit ihm Schluss gemacht. Auch auf diesem Bild stand Lisa direkt neben ihm. Schon damals war sie sehr hübsch gewesen und auch das Kleid stand ihr gut. Warum lagen jetzt eigentlich überall Fotos von Lisa herum?

Ihre Augen fixierten ihn und das Lächeln sorgte dafür, dass er das Bild nicht wieder aus der Hand legen konnte. Es war dasselbe Lächeln, das sie ihm gerade eben geschenkt hatte. Vor seinem inneren Auge verschwand das Kleid und er sah sie so vor sich, wie er sie vor ein paar Tagen in der Nacht gesehen hatte. Nackt und wunderschön!

Im selben Moment war Lisa bei ihm, oder zumindest ihr Geist. Er sah von seinem Platz aus, dass in ihrem Zimmer noch Licht brannte. Die Sehnsucht nach ihr wurde unbändig. Franz öffnete den Gürtel und schob seine Hand in die Hose. Die Hand, die sie kurz zuvor geschüttelt hatte, also praktisch ihre Hand. Seine Finger schlossen sich um die Erregung herum, die das Bild in ihm ausgelöst hatte. Mit dem Blick in ihre Augen bewegte er seine Faust auf und ab.

Alles in ihm war angespannt und sehnte sich nach Erlösung. Lisa war hier und er war in ihr! Immer schneller wurde er. „Gleich Lisa!" Er stöhnte auf und zuckte zusammen. Der Samen strömte aus ihm heraus, Schub um Schub durchnässte es seine Hose und es schien kein Ende nehmen zu wollen.

Krampfhaft presste sein Körper das Letzte aus sich heraus, bis nichts mehr kam. Erschöpft ging er zur Dusche hinüber, aber auch dort fand er keine Beruhigung seiner Lust. Das durfte doch nicht sein! Das Wasser lief über seinen Rücken. Kaltes Wasser. Er stand unter dem Wasserstrahl und etwas anderes stand auch schon wieder.

10. Kapitel

Wie Romeo und Julia?

Der dritte Drink hatte Aurelia die Füße unter dem Körper fortgerissen. Sie erwachte mit Kopfschmerzen in ihrem Bett und hatte keine Ahnung, wie sie dorthin gekommen war. Jemand hatte ihr sogar den Schlafanzug angezogen. Zumindest die Jacke, wie sie feststellte, als sie sich im Bett aufsetzte. Mit beiden Händen hielt sie sich den Kopf. Zeitgleich versuchte sie, die Schmerzen loszuwerden und sich zu erinnern, was wohl passiert war. Der letzte Fetzen Erinnerung war das Lachen von Franz, als sie irgendetwas erzählt hatte. Hatte der Mann sie auch hierher gebracht? Ausgezogen? Und was war dann passiert? Hatten sie etwa? Die Erinnerung war nicht da, kompletter Filmriss!

Mühsam setzte sie die nackten Beine aus dem Bett, als es klopfte und Lisa ihren Kopf in das Zimmer steckte. „Guten Morgen!" Die Frau redete in einer Lautstärke, die fast Aurelias Ohren zu sprengen drohte. Sie nickte nur und fragte „Wie bin ich in das Bett gekommen?" „Franz hat dich gebracht. Dann habe ich dich mit meinem Vater hier herauf gebracht!" „Danke dir." Aurelia stemmte sich mühsam hoch. Schwankend ging sie, von Lisa gefolgt, in das Badezimmer, wo Lisa ihr einen Hocker unter die Dusche stellte und Aurelia sich zum ausnüchtern unter den nicht sehr warmen Wasserstrahl setzte.

Etwa eine halbe Stunde später war Aurelia wieder soweit fit, dass sie zum Kaffeetrinken nach unten gehen konnte. Das ziemlich starke Getränk, vermutlich eine besondere Zubereitung von Lisa, besorgte dann den Rest.

Mit der zweiten, nicht mehr ganz so stark aufgebrühten, Tasse Kaffee legte sie sich auf den Liegestuhl und dachte an den letzten Abend. Irgendetwas an Franz war komisch gewesen. Vielleicht sein völliges Desinteresse an ihr und Lilith? Grübelnd nippte sie an dem Getränk. Anton pfiff auf der Wiese einen Schlager nach, aber es klang fürchterlich und schräg. Am Tage zuvor war sein Lied doch noch ganz passabel gewesen. Auch dieser Mann hatte sich weder für Lilith noch für den Tanz der Dämonin interessiert.

Zwei Männer von zwanzig, die die Dämonin mit ihren Reizen zu beeinflussen gesucht hatte. Warum waren die beiden Männer immun gegen die Dämonin gewesen? Da stimmte doch etwas nicht!

Aurelia zog die Sonnenbrille von ihrer Stirn und sah im Spiegel ihre Augen darin. Eine Eingebung durchzuckte sie. Die Augen von Franz! Es war dieser Blick des Mannes gewesen, der sie nun nicht mehr losließ! Schon tausende Male hatte sie diesen Ausdruck gesehen. Gab es da einen Zweifel? Eigentlich nicht! Nur wenn ihre Pfeile damals getroffen hatten, dann hatten die Menschen immer diesen Blick gehabt. Vielleicht hatte Max, der Engel, der nun ihren Posten innehatte, etwas damit zu tun! Aber dann müsste auch Lisa diesen Blick haben! Wenn nicht irgendetwas dabei schiefgegangen war! Wie konnte sie Max erreichen?

Zuerst musste sie Lisa überprüfen. „Lisa!", rief sie. Die Frau erschien wenig später und Aurelia sah ihr tief in die Augen, konnte aber nichts Verdächtiges darin feststellen. Dann fragte sie „Ist eure Kirche eigentlich immer offen?" Lisa nickte und fragte „Möchtest du da hin? Es ist etwas weiter, aber ich kann dir mein Fahrrad borgen."

Dankend nahm Aurelia an und war schon wenig später auf dem Weg. Wenn man einen Engel suchte, so war vermutlich die Kirche der beste Platz dafür und so wollte sie durch das Dorf dorthin radeln.

Zu spät war ihr eingefallen, dass sie gar nicht Radfahren konnte und so waren die ersten hundert Meter wohl die schwersten gewesen, danach hatte sie verstanden, wie so ein Rad funktionierte. Aurelia hatte sich ein sommerliches Kleid angezogen, und ihre langen, blonden Haare wehten im Fahrtwind hinter ihr her.

Schon vom weiten war die Kirche zu sehen. Am anderen Ende des Dorfes gelegen, auf einem kleinen Hügel, stand das große Gebäude mit einem Turm und einer leuchtend weißen Fassade. Die Sonne ließ diese Wand noch zusätzlich aufleuchten, damit Aurelia sie auch wirklich nicht verfehlen konnte.

Der Fahrtwind erfrischte Aurelia und das Dorf zog sich dahin! Ohne Lisas Fahrrad hätte der Weg sicherlich mehr wie eine Stunde gedauert, so war sie wesentlich schneller, trotz ihrer Unerfahrenheit beim Radfahren.

Von außen war dieses Gotteshaus eher schlicht anzusehen. Der Engel lehnte das Rad gegen die Fassade neben der Tür und schob das Tor auf. Für einen Moment überlegte sie, ob ihre Kleidung wohl die richtige Wahl gewesen war, aber ein Engel konnte vermutlich in jeder Anzugsordnung solch ein Haus betreten. Vielleicht sogar nackt, wie damals die ersten Engel. Das hatte sie aus den Erzählungen gehört. Ihre nackten Füße berührten die kalten Bodenplatten des Eingangsbereiches.

Kühl und dämmrig war es im Chorraum, als sie sich durch die Bankreihen schob. Eine ältere Frau musterte sie mit entsetztem Blick. Die Frau trug ein Kopftuch und einen langen Rock, der fast bis zum Boden reichte. Aurelia war da nun das ganze Gegenteil. Das Kleid ließ die Schultern frei und reichte nicht mal bis zum Knie.

Lächelnd nickte sie der Frau zu und ging nach vorn. Direkt vor dem Altar setzte sie sich in eine Bankreihe und überlegte, wie man einen Engel rufen konnte. Es fiel ihr aber nicht ein und so rief sie einfach laut nach Lilith.

Von hinten ließ sich die Frau mit einem Zwischenruf um Ruhe vernehmen. Aurelia drehte sich zu ihr um, doch als die Dämonin die Kirche durch das Tor betrat, da verließ die ältere Frau fluchtartig das Gotteshaus.

War schon Aurelias Aufzug gewöhnungsbedürftig gewesen, so war das kurze Partyoutfit von Lilith wohl etwas, wovor sich die alte Frau bekreuzigen würde.

Lässig ließ sich Lilith auf die Bank neben Aurelia fallen und lächelte sie an. „Schöne Nacht gehabt?", fragte sie und Aurelia antwortete „Frage lieber nicht!" „Habe ich aber schon!" Lilith gähnte und zog sich ein paar Strohhalme aus den langen Haaren.

Allerdings wollte Aurelia ihren Kater nicht ausdiskutieren und winkte daher ab. Sie sah die Dämonin an und fragte „Weißt du, wie man einen Engel rufen kann?" „Irgendeinen? Oder einen bestimmten?" „Irgendeinen. Und der kann mich dann ja weitervermitteln." Lächelnd zog Lilith etwas aus ihrer kleinen Handtasche. „Du hast Glück", begann Lilith und drückte auf das Gerät, „Du weißt doch, dass Gabriel auf Sofie aufpasst?" Jetzt fiel es Aurelia auch wieder ein.

Einen Augenblick später erschien Gabriel einfach so in der Kirche. Direkt vor dem Altar stand er im gleißenden Licht. Dann kam der Erzengel zu ihnen herüber und gab Lilith einen Kuss. „Ich muss dann mal", sagte die Dämonin und löste sich einfach auf. „Was möchtest du?", fragte der Erzengel, der nun Liliths Platz auf der Bank eingenommen hatte. „Kannst du mir den Max hier zu mir schicken?", fragte sie und Gabriel antwortete „Nichts leichter als das!" „Du hast da noch etwas von Sofie auf deinem Hemd!", sagte Aurelia, als der Engel sich erhob. Schnell wischte sich Gabriel den Fleck ab, nickte ihr zu und verschwand. Dafür tauchte nur ein paar Sekunden später der Engel Max auf, der ja nun ihre Position im Himmel eingenommen hatte.

Die beiden Freunde begrüßten sich herzlich mit einer Umarmung. „Du wolltest mich sehen?", fragte Max und Aurelia entgegnete „Franz und Lisa!" Betreten blickte Max zu Boden. „Also doch!", sauste es durch Aurelias Kopf.

„Was ist geschehen?", fragte sie nach und der Freund brach endlich sein Schweigen. „Es war am letzten Sonntag. Die beiden saßen hier in der Kirche und ich habe die Situation ausgenutzt." „Du hast was gemacht?", brach es entsetzt aus Aurelia hervor. „Du weißt doch, dass dies nicht geht! Kannst du mir die ersten zwei unserer wichtigsten Direktiven noch einmal nennen?"

„Erstens nur zwei Pfeile pro Auftrag und zweitens, nicht wenn Unbeteiligte getroffen werden können", rezitierte Max mit schnarrender Stimme. „Genau! Und die Kirche war doch sicher voller Menschen? Oder?" „Ja! Der erste Pfeil hat Franz perfekt getroffen. Beim zweiten wurde ich geblendet und habe danebengeschossen!" „Und wen getroffen?" „Zum Glück nur die Bank!", sagte Max.

„Wir müssen das korrigieren!", entgegnete Aurelia und sah den Freund an. Dann setzte sie hinzu, „Du hast großes Glück gehabt. Bei mir ist es damals schiefgegangen!" „Ja! Romeo und Julia. Deshalb die zweite Direktive!" „Ein Fehlschuss und ein paar Tage später waren alle Tod!", setzte Aurelia nachdenklich hinzu.

„Aber wir müssen etwas tun! Ich habe in seinen Augen gesehen, dass sein Herz brechen wird, wenn wir das nicht binnen einer Woche korrigieren", erklärte Aurelia. „Wie bekommen wir die beiden aber alleine vor den Pfeil?", fragte Max und sie begannen zu überlegen, was nun zu tun war.

11. Kapitel

Die billigste Alternative?

Nach einer kurzen und zum Glück traumlosen Nacht erhob sich Franz aus seinem Bett. Unwillkürlich fiel dabei sein Blick auf Lisas Fenster, auch wenn das fast einen Kilometer entfernt war. Jeder Gedanke flog dorthin. Wieder half die kalte Dusche nur kurz. Er musste etwas unternehmen. Beim Frühstück, demonstrativ mit dem Rücken zu ihr, überlegte er bei Brötchen und Kaffee, was er tun konnte. An etwas anderes denken, doch das hatte am Abend zuvor nicht wirklich geholfen. Vielleicht konnte eine andere Frau dafür sorgen, dass er Lisa vergessen würde.

Franz hüllte sich wieder in sein teures Parfüm, zog seine besten Sachen an und brach auf. Zum Glück hatte er heute Arbeitsfrei, aber es war fast Mittag, als er sich auf den Weg machte. Absichtlich ging er in die entgegengesetzte Richtung durch das Dorf. Langsam folgte er der Dorfstraße. Seine Augen hatte er dabei auf die kleinen Cafés und Restaurants gerichtet, in denen die Urlauberinnen hier oft nach dem Mittag saßen und sich den Kuchen schmecken ließen. Dabei suchte er eine, die so ganz das Gegenteil von Lisa war, doch die meisten Frauen waren in Begleitung.

Endlich sah er eine schwarzhaarige Frau an einem Tisch sitzen, die offensichtlich die wärmenden Strahlen der Sonne genoss. Zierlich war sie, mit einer großen, dunkel getönten Sonnenbrille auf der Nase. Sie trug ein kurzes Sommerkleid mit großen Blumen darauf, dass viel von ihrer gebräunten Haut sehen ließ. Er wartete kurz, ob sich jemand zu ihr setzen würde, aber die anderen Stühle blieben leer. Der Nachbartisch war frei und er setzte sich auf einen Stuhl.

Wie sollte er sie ansprechen? Gedanken sausten durch seinen Kopf. Wie hatte er das früher immer gemacht? Das war doch noch gar nicht so lange her und dennoch schien es wie aus seinem Gedächtnis gelöscht. Die Bedienung erschien, er bestellte sich einen Kaffee und fragte, nachdem dieser gekommen war, die Frau am Nachbartisch, ob er ihre Sahne haben konnte.

Die Frau blickte zu ihm herüber, schob die Brille nach oben und ihre großen, dunklen Augen fixierten ihn. „Entschuldigung. Können sie mir bitte die Sahne reichen?", fragte er sie erneut und ein Lächeln schob sich auf ihr Gesicht.

Wenig später saß er an ihrem Tisch und sie unterhielten sich. Einfacher Smalltalk! Über Wetter und Wanderwege wurde dabei gesprochen und er spendierte ihr einen Kaffee und einen Eisbecher. Es schien eine Art von gegenseitiger Sympathie zu bestehen und sie lachten gemeinsam. Da war etwas, was nicht mit einer zufälligen Begegnung zu erklären war.

Zwei Stunden später schlenderten sie zu seiner Wohnung. Ging das nicht viel zu schnell? Er kannte gerade mal ihren Namen. Jasmin! Sonst wusste er kaum etwas von ihr. Wollte er es eigentlich wissen? Und sie? Wenn sie so schnell mitkam? Ein letztes Zögern, als er den Wohnungsschlüssel in der Tasche suchte, dann stiegen sie nach oben.

Hinter der Wohnungstür zeigte Jasmin, was sie wirklich von ihm wollte und es dauerte nur ein paar Augenblicke, bis sie im Bett gelandet waren. Trotz der Anstrengungen des letzten Abends reagierte er sofort auf sie. Er streichelte ihren Körper, aber das Überstreifen des Kondoms dauerte länger, als das gesamte Vorspiel.

Dann zog sie ihn über sich und verschränkte ihre Beine hinter seinem Hintern. Diese Frau war

76

heiß und wollte ihn. Verlangend nahm sie ihn in sich auf und er spürte, wie sie ihm mit dem Becken entgegen kam. Sein Schnaufen erfüllte den Raum und machte sie noch wilder.

Jetzt wollte sie seine Sahne!

Leidenschaftlich trieben sie sich gemeinsam auf einen Höhepunkt zu. Schon atmete sie schneller und bewegte sich fordernder auf ihn zu. Franz konnte spüren, wie sie sich um ihm herum zusammenzog, da kam er in ihr und stöhnte „Oh Lisa!" Jasmin schob ihn von sich, stand auf, zog sich an und ging, ohne sich noch einmal umzusehen.

Als die Tür ins Schloss fiel, da setzte er sich in dem Bett auf. Wieder hatte ihm Lisa einen Strich durch die Rechnung gemacht. Zwar war er nun gekommen, trotzdem hatte er es mit Lisa getan! Und hätte er nicht die Klappe halten können? Verstört schlug er sich mit der Hand vor die Stirn.

Auch mit einer anderen Frau funktionierte es nicht! Langsam ging er zur Dusche und setzte sich unter den Strahl auf den Boden der Kabine.

Warum war das alles nur so kompliziert? Sollte er Alois fragen? Das fühlte sich auch nicht richtig an. Er konnte doch nicht zu dem Mann gehen und sagen „Ich will mit deiner Tochter schlafen!" Und trotzdem war das alles, was gerade in seinem Kopf war.

Vier große Buchstaben, die den Namen einer wunderschönen Frau bildeten. L I S A! Nichts sonst! Keine Alternative! Nur Lisa!

Eigentlich war es doch so einfach! Frisch geduscht machte er sich auf den Weg zu dem Freisitz, an dem Lisa das Bier servierte. „Danke noch mal für deine Hilfe gestern Abend!", sagte sie ihm, als sie das Bier brachte und er dachte in diesem Moment dasselbe. Aber Alois stand an der Tür und schien besonders ihn zu fixieren. Sicherlich hatte der Mann ihn erkannt, als er in der Nacht nackt über die Leiter geflohen war.

Franz trank sein Bier und beobachtete dabei die Frau, die von Tisch zu Tisch eilte, während ihr Vater am Tresen stand und ihn durch die offene Tür ständig im Blick hatte. Alois brauchte keine Flinte! Sein Blick durchbohrte ihn sowieso schon.

Dann zahlte Franz und gab ein Trinkgeld. Lisa lächelte und nickte ihm zu. Dieses Lächeln würde ihm den Abend versüßen.

Pfeifend schlenderte er wieder nach Hause und ließ sich in sein Bett fallen. Jasmins Geruch war noch in dem Raum. Ihre Leidenschaft mischte sich mit Lisas Lächeln. Da würde er nicht zur Ruhe kommen können! Blieb eigentlich nur der Fernseher als letzte Alternative. Er setzte sich auf, nahm die Fernbedienung und drückte auf den Knopf.

Ein Liebesfilm, das war ja klar gewesen! Nächster Kanal, dasselbe Ergebnis.

Romantiktag! Jeder Kanal brachte zurzeit einen Liebesfilm! Selbst auf dem Sportkanal lagen sich ein Mann und eine Frau küssend in den Armen. Das Siegerduo im gemischten Tennisdoppel! Der Fernseher erlosch und Franz fiel auf das Bett zurück.

Noch war Tag, aber er war bereit für das Bett. Oder für noch mehr Bier? Im Kühlschrank wartete ein kleiner Vorrat auf ihn. Das war nun wirklich die billigste Alternative, aber das würde zum

Vergessen nicht reichen. Bevor man davon be-
trunken genug war, musste man aufs Klo rennen.
Davon wurde man dann auch wieder nüchtern.

Vielleicht sollte er wandern gehen? Etwas fri-
sche Bergluft würde sicherlich nicht schaden!
Mühsam raffte er sich auf und verließ die Wohnung.

12. Kapitel

Das glorreiche Dutzend

*D*as Rad schiebend hatte sich Aurelia auf den Rückweg gemacht. Klar war nur, dass der Fehlschuss von Max korrigiert werden musste. Klar war aber auch, dass der Vater Lisa nicht in die Nähe von Franz ließ! Das würde damit ziemlich schwierig werden! Und selbst wenn es gelänge, Lisa und Franz zusammenzubringen und mit einem Liebespfeil für immer zu verbinden, so würde der Vater mit seiner Schrotflinte sicher dafür sorgen, dass dieses „Für immer" nur ein kurzer Augenblick bleiben würde.

Seufzend dachte der Engel wieder an dieses verdammte Missgeschick zurück. Damals in Verona! Jahrhunderte war es her und dennoch schmerzte es sie immer noch. Zuerst hatte sie Julia bei dem Maskenball getroffen und danach war der zweite Pfeil irgendwo abgeprallt und hatte versehentlich Romeo getroffen, der eigentlich gar nicht dort hätte sein dürfen. Das Resultat war hinlänglich bekannt.

In den Augen von Franz hatte sie aber auch gesehen, dass sie zur Lösung des Problems nur etwa eine Woche Zeit hatte. Zu tief brannte schon das Feuer der Liebe im Herzen des Mannes. Das konnte gefährlich werden. Tief in ihre Gedanken verstrickt, blickte Aurelia vor sich auf den steinigen Weg.

Vermutlich musste sie zuerst den Vater aus dem Weg schaffen. Max hatte ihr versprochen, Bogen und Pfeile zu besorgen, alles andere wäre dann ihre Aufgabe. Obwohl sie es eigentlich nicht gemusst hätte, hatte sie sich doch, aus Sympathie für Lisa, dazu überreden lassen, die Sache wieder zu korrigieren. Und nun grübelte sie vor sich hin, wie das gehen konnte.

Der alte Mann war ein ziemlicher Sturkopf. Schon alleine bei dem Gedanken an ihn stellten sich bei Aurelia die Nackenhaare auf. Und er ließ Lisa auch kaum noch aus den Augen! Damit war es schwierig, Franz und Lisa im Kuss zu vereinigen und danach mit einem gemeinsamen Pfeil ihre Herzen für immer zu verbinden. Schwierig, aber nicht unmöglich! Zuerst der Vater, dann die Tochter!

Auf ihrem Weg durch das Dorf sah sie Anton auf einer Bank in der Sonne sitzen. Sicherlich wusste der Knecht viel besser als jeder andere, wo die Schwachstelle des alten Mannes war. Schnell schob der Engel das Fahrrad zu ihm hinüber.

„Hallo Anton!" Aurelia lächelte den Mann an, der blinzelnd in die Sonne sah. Er beschirmte seine Augen mit der Hand und sah sie an. „Hallo", entgegnete er und Aurelia setzte nach „Kann ich mich zu dir setzen?" Der Mann rutschte ein Stück zur Seite, der Engel legte das Rad ins Gras und setzte sich auf die Bank.

Anton lehnte sich zurück und genoss sichtlich die Wärme der Sonne. „Wie ein Gespräch beginnen?", dachte sich Aurelia und blickte ebenfalls zur Sonne hinauf. Es tat so gut, einfach nur zu entspannen, aber sie hatte ja noch eine Aufgabe zu lösen! Mit geschlossenen Augen überlegte sie weiter.

„Sage mal, der Vater von Lisa ist aber schon sonderlich? Oder?", fragte sie schließlich und Anton blinzelte sie an. „Der Alois? Ja! Das ist schon ein ziemlicher Grantler!", begann der Mann und setzte fort „Wenn er die Lisa nicht hätte, und sein Bier nicht so gut wäre, dann wäre sein Haus vermutlich immer leer." „Ich habe ihn heute früh wieder herumbrüllen hören. Lässt der

die Lisa eigentlich auch mal aus dem Hause?"
Anton schüttelte den Kopf. „Höchstens am Sonntag zur Kirche!", setzte der Mann nach einem Augenblick hinzu. „Und außer dir hat er auch keinen, der ihm hilft. Oder?" „So kannst du es sagen. Ich bin schwul und da denkt er wohl, dass von mir für seine Lisa keine Gefahr ausgeht." Anton sah wieder lächelnd in die Sonne und Aurelia folgte seinem Blick.

Die Aufgabe wurde schwieriger! Wenn Alois alle von sich fort biss, dann war es unmöglich ihn irgendwie zu beschäftigen. Aurelia schloss die Augen, genoss die Wärme der Sonne auf ihrem Gesicht, und dachte nach. Sie zermarterte sich das Hirn, welche Optionen sie noch hatte, doch es war Anton, der ihr die Idee zur Rettung gab, als er sagte „Nur eine kann ihn gut leiden!"

„Wer?", brach es überrascht aus Aurelia heraus. Der Mann zeigte zu einem Haus in der Nähe und sagte „Die Doris hat ein Auge auf ihn geworfen. Jeder im Dorf ist scharf auf sie, aber der Alois merkt das noch nicht mal, wenn sie ihm schöne Augen macht." Aurelia blinzelte zu dem Haus hinüber. Eine schöne Frau stand im Vorgarten ihres Häuschens und pflückte gerade Blumen in einem Beet.

84

Langsam setzte sich in Aurelias Kopf ein Bild der Lösung des Problems zusammen. Zuerst musste Alois etwas mehr menschenfreundlich werden, dann musste Aurelia versuchten, ihn irgendwie mit Doris zu verkuppeln und danach war der Weg für Franz und Lisa frei. Dieser Plan schrie nach einem Dutzend Pfeile! Da musste sie bei Max noch mal eine neue Bestellung aufgeben, wenn der Engelfreund ihr den Bogen brachte.

Der Engel bedankte sich, erhob sich und setzte sich auf das Fahrrad. Einen letzten Blick warf sie noch auf Doris, dann radelte sie wieder zurück.

Aurelia dachte daran zurück, wie sie einmal in der Werkstatt gewesen war, wo diese Pfeile hergestellt wurden. Aus konzentrierter Liebe, Sonnenlicht und einer Geheimzutat wurden die Geschosse von ein paar Engeln gefertigt. Für Menschen unsichtbar konnten sie jedes Herz in Flammen setzten. Sie selbst hatte ja die Wirkung damals gespürt, als Max sie mit Daria für immer verbunden hatte.

Grübelnd fuhr sie auf dem Weg entlang und rechnete durch, wie oft sie wohl Alois treffen musste, damit der Panzer um dessen Herz eine Schwachstelle aufweisen würde.

In der Erinnerung ging sie noch einmal die Bedienungsanleitung durch und kam dann auf drei Pfeile, an drei aufeinanderfolgenden Tagen, bevor dann das Herz so weit sein würde, dass der letzte Pfeil ihn für immer mit Doris verband. Schwierig, aber machbar. In Gedanken vertieft sauste sie auf dem Fahrrad dahin.

Unmittelbar hinter der Abzweigung zur Herberge stand plötzlich Max vor ihr auf dem Weg und Aurelia bremste so stark, dass sie fast über den Lenker geflogen wäre. Eine Sekunde später lag sie auf dem Weg und sah vorwurfsvoll zu Max hinauf. „Du kannst dich doch nicht einfach mitten auf die Straße stellen!" Sie hielt sich ihr Knie, mit welchem sie ziemlich unsanft mit der Straße Bekanntschaft gemacht hatte.

„Entschuldige bitte. Ich hatte vergessen, dass du mich sehen kannst!" Max half ihr auf. „Also ich habe mich immer an die Seite gestellt, wenn ich auf jemanden gewartet habe!" Aurelia rieb sich das schmerzende Knie und dabei fiel ihr Blick auf den Köcher, in welchem sich nur zwei Pfeile befanden.

„Ich brauche noch zehn davon!" „Das kann ich nicht machen!" Der Freund hob abwehrend die Hand. Fragend blickte Aurelia von unten zu ihm hinauf. „Soll ich das nun korrigieren? Oder nicht?" Es dauerte einen Moment. Schließlich nickte Max und verschwand.

Nach einer Weile, in der sich Aurelia den Straßenstaub vom Kleid geklopft hatte, tauchte der Engelfreund mit einem Dutzend der silbernen Pfeile wieder vor ihr auf. Aurelia nahm die Waffe entgegen, nickte Max zu und schob humpelnd das Rad die Einfahrt hoch.

13. Kapitel

Hofleben

Das hatte gerade noch gefehlt! Alois hatte den jungen Mann direkt im Blick gehabt. Der hatte seine Tochter mit den Augen praktisch ausgezogen. Und es war derselbe Strolch, der in ihrem Zimmer gewesen war. Da war er sich sicher. Nur der Umstand, dass er ein zahlender Gast war, bewahrte ihn im Moment vor der Prügel! Das ging so gar nicht! Ein Schreiner! Wenn es ein Bauer gewesen wäre, dann vielleicht. So einer, wie der Anton war, aber der war eben irgendwie andersrum! Alois mochte den Knecht, denn der Anton war so, wie er früher mal gewesen war und er hätte ihm vielleicht als einzigen die Tochter gegeben, aber Anton wollte ja nicht!

Sein Blick fiel noch einmal auf den Mann am Tisch, der unter seinem Blick zusammenzuckte. Irgendwann musste der ja auch mal gehen und dann würde Alois schon wissen, was ihm passierte! Einfach so die Leiter herauf klettern und zu Lisa in das Zimmer steigen? Wo waren sie den hier?

Er merkte, dass er sich immer weiter in seinen Ärger hineinsteigerte und darum ging er zur Arbeit in den Stall. Da hatte er zwar Lisa nicht im Blick, aber bei all den Gästen konnte sie auch nicht einfach so verschwinden.

Zärtlich strich er der Kuh über den Kopf. Er liebte die Arbeit im Stall und auf dem Feld. Wirtschaft und Pension betrieb er nur, weil er diese von seinem Vater übernommen hatte. Und ohne die Wirtschaft würde es den Hof vielleicht schon nicht mehr geben. Die Zeiten waren nicht so rosig für kleine Höfe. Nur ein paar Hektar Land und ein paar Tiere, da blieb nichts hängen. Das Geld verdiente er mit dem Bier, welches er aus seinem Getreide machte. Und mit den Gästen.

Hätte er damals ablehnen sollen, als der Vater nicht mehr konnte? Vielleicht wäre das besser gewesen! So wie Anton einfach nur frei sein, das hatte er sich als Kind gewünscht. Und was war nun?

Auch wegen Frau und Kindern hatte er den Hof übernommen. Wegen der Sicherheit. Frau und Sohn waren fort und nur Lisa war ihm geblieben. Und das ließ er sich nicht von so einem dahergelaufenen Strolch nehmen. Erneut kam der Zorn auf Franz zurück.

Mit der Mistgabel schob er den Dreck zusammen und brachte ihn mit der Schubkarre nach draußen. Neue Einstreu musste hinein! Das erdete ihn und der Zorn verrauchte. Liebevoll strich er erneut der Kuh über den Kopf.

Als er zurück zum Tresen ging, sah er, dass der Mann gegangen war. Wieder ließ er seine schlechte Laune an Lisa aus und auch sein Frust, dass er den Mann nun nicht mehr erwischt hatte, der traf die Tochter. Er wollte es nicht, aber er konnte auch nicht anders.

Seit kurzem hatte Lisa auch noch ein Foto von früher in der Küche stehen und daran musste er immer vorbei. Dieses Bild gab ihm jedes Mal einen Stich. War das die Absicht gewesen? Zumindest unterstellte er das der Tochter und auch dafür bestrafte er Lisa nun.

Grummelnd stieg er in den Keller hinab, wo sich die Kessel für das Bierbrauen befanden. Eigentlich hielt nur dieser Keller den Hof. Und das Rezept für das Bier, welches er selbst gern trank.

Es war ein Geheimrezept seines Vaters. Zwar nach dem Reinheitsgebot, aber so gut, dass ihm eine große Brauerei dafür sogar einen größeren Betrag geboten hatte. Er wusste aber selbst nicht, warum er das abgelehnt hatte. Das Geheimnis war, wie er die Zutaten vorbereitete. Und sicherlich auch die Kombination aus der Gerste von seinem Feld und dem Wasser aus seinem Brunnen. Das konnte man doch nicht verkaufen!

Alois zog sich den Hocker zum Tank, sah in die Maische und grübelte nach. So hatte er sich sein Leben wirklich nicht vorgestellt. Was hatte er davon, dass er das alles hier tat? Nichts! Alois griff sich einen großen Holzlöffel und rührte eine Weile in dem Tank herum. Die Dämpfe der Gärung stiegen ihm in den Kopf und alles wurde leicht. Alle Sorgen waren fern! Noch ein Krug Bier zum Probieren.

Es war fast so weit. „Noch ein Tag!", dachte er und wischte sich den Schaum aus dem Bart. Leicht beschwipst stieg er wieder nach oben. Aus der Ruhe des Kellers in den Lärm der Gäste. Aber ohne Gäste kein Bier. Noch einmal dachte er an das Angebot, dann ging er zur Zapfanlage.

„Morgen gibt es frisches Bier!", rief er nach draußen, was mit großem Gejohle der Zecher begrüßt wurde. Lisas Blick war dabei eher gequält. Vielleicht war es keine schlechte Idee, einmal in der Woche einen Ruhetag hier im Biergarten zu haben.

Für einen Moment hatte er Mitleid mit der Tochter, darum winkte er Lisa zu sich und schlug ihr den Ruhetag vor. Das Leuchten in ihren Augen war ihm Dank genug und daher schrieb er das für den übernächsten Tag an die Tafel. Dann dachte er daran, dass Lisa damit auch Zeit für diesen Kerl hatte. Franz, oder wie der hieß. Seine Laune verfinsterte sich sofort wieder.

Missmutig drehte er sich um und die strahlenden Augen der Tochter trafen ihn. Nur mit Mühe konnte er verhindern, dass er sofort explodierte. Aber zurücknehmen konnte er den Ruhetag auch nicht mehr. Er würde Lisa einfach im Haus beschäftigen.

Ganz sicher wäre vieles in seinem Leben anders gekommen, wenn er nicht dieses Haus übernommen hätte. Vielleicht hatte er sich einfach zu viel zugetraut. Noch einmal ging er in den Stall hinüber, um die Tiere zu füttern. Nach einem kurzen Schwenk am Streichelzoo vorbei, war er wenig später wieder am Tresen.

Der Herr Pfarrer kam vorbei und trank dann auch einen Krug von dem Bier. Sollte er sich zu dem Mann setzten? Ein kleiner Schwatz wäre vielleicht nicht falsch! Er übergab den Tresen an Lisa und setzte sich an den Stammtisch. Der Metzger und der Bürgermeister waren schon im Gespräch mit dem Pfarrer. Alois gab eine Runde aus und hörte zu.

Die Männer besprachen den Ausbau einer neuen Straße und er folgte der Gesprächsrunde mit gemischten Gefühlen. Einerseits brachte es den Tourismus in der Gegend voran und das lieferte ihm Gäste. Andererseits hatte er damit auch mehr Arbeit, und zwar eine Arbeit, die er eigentlich nicht machen wollte.

Gedankenverloren sah er in sein halbleeres Glas. Vielleicht war es an der Zeit, einfach alles hinter sich zu lassen und irgendwo völlig neu anzufangen? Wer konnte es wissen? Dieser verdammte Hof hatte schon seine Ehe auf dem Gewissen!

14. Kapitel

Vom Glück, eine Sau zu sein

*F*ast einen ganzen Tag lang hatte Aurelia jeden Schritt von Alois verfolgt. Von ihrem Liegestuhl aus, auf dem sie sich mit dem bandagierten Knie von Lisa hatte versorgen lassen, war ihr nichts auf dem Hof entgangen. Nun war es der neue Morgen und Aurelia lag wieder auf ihrer Lauerposition. Von allen Punkten, an welchem sie Alois treffen konnte, war der Stall am besten dazu geeignet.

Da sie sich, trotz mühsamer Übungen, immer noch nicht wieder unsichtbar machen konnte, musste sie beim Schießen einen größeren Abstand halten und brauchte auch noch ein Versteck dazu. Und da bot sich der Stall förmlich an. Wenn Alois drin stand, dann konnte er sie nicht sehen und ein kleines Gebüsch, direkt vor dem Stall, bot ihr Deckung.

Der Bogen und die Pfeile waren schon dort versteckt und Aurelia lauerte nur noch auf den Moment, wenn Alois in den Stall ging, um die Kühe zu melken oder irgendetwas anders darin zu machen, wobei er dann aber mit dem Rücken zu ihr stehen musste, denn schließlich konnte sie sich ja nicht vor ihn stellen und auf ihn schießen.

Denn selbst wenn der Pfeil unsichtbar war, so würde der Mann sicher stutzig werden, wenn sie den Bogen spannte und sich zwanzig Stritte vor ihn so hinstellte. Zuerst erschien aber Lisa bei ihr, mit einem kalten Getränk und einem feuchten Lappen für das Knie.

Aurelia nickte ihr zu, ließ aber die Tür des Stalles dabei nicht aus den Augen.

Es dauerte ungewöhnlich lange, bevor Alois das Haus verließ und danach wuselte er auch noch völlig sinnlos im Garten umher. Dann grub er noch hinter dem Schuppen ein Zwiebelbeet um und hielt anschließend einen kurzen Schwatz mit Anton, der das Heu auf der Wiese wendete. Aurelia verdrehte schon die Augen. „Die Kühe!“, wollte sie dem Mann zubrüllen, doch sie musste sich in Ruhe fassen. Ein Bauer, der nicht in den Stall ging. Wo kam man denn da hin!

Endlich öffnete er die Stalltür und Aurelia erhob sich von der Liege. Humpelnd war sie beim Gebüsch, als Alois mit der Mistgabel in den Stall gegangen war. Die große Stalltür stand weit offen und der Mann bot solch ein fantastisches Ziel.

Aus zwanzig Metern Entfernung legte Aurelia mit dem Bogen auf ihn an. Wie eine Säule stand der Mann, mit dem Rücken breit zu ihr. Der Schuss musste einfach sitzen, aber als Aurelia den Pfeil losließ, da bückte der Mann sich und das Geschoss traf den schwarzen Kater, der auf der Stange im Stall gesessen hatte.

„Verdammt!", entfuhr es Aurelia, während der Kater an ihr vorbei lief und das Weite suchte. „Neuer Pfeil, neues Glück!", murmelte Aurelia, während sie sich bückte und einen zweiten Pfeil aus dem Köcher zog. Nun bewegte sich der Mann aber so schnell, dass sie gar keine Chance zum Schuss mehr hatte.

Endlich hielt er inne und stand wieder für sie bereit. Der zweite Pfeil war sofort auf dem Weg, traf die Mistgabel, prallte davon ab und traf den Eber, der dösend in seinem Schweinestall gelegen hatte. Das nun folgende Geräusch zeugte davon, dass die Sau gerade die glücklichsten Momente ihres Lebens mit dem erwachten Eber verbrachte.

„Das darf doch wohl nicht wahr sein!" Aurelia stöhnte auf und schlug sich mit der flachen Hand gegen die Stirn. „Nächster Versuch!" Seufzend zog Aurelia den dritten Pfeil aus dem versteckten Köcher im Gebüsch.

„Ich hoffe, Max beobachtet mich nicht gerade bei diesen nutzlosen Versuchen", dachte sie. Langsam zog sie sich die Bogensehne an die Nase und zielte sorgsam auf den Bauern. Dieser Schuss musste nun aber sitzen!

Die Pfeilspitze folgte unaufhörlich dem sich bewegenden Mann. Am Tage zuvor war der nie so schnell gewesen. Vermutlich musste er nun seine vertrödelte Zeit wieder aufholen.

Immer wenn sie dachte, der richtige Moment zum Loslassen wäre gekommen, da drehte sich Alois wieder zur Seite. Zum Glück wendete er sich nicht zu ihr um, sonst wäre es vorbei gewesen. „Ich kann hier nicht ewig so stehen bleiben! Wenn mich da jemand sieht!", sauste es durch ihren Kopf.

Bisher hatte sie immer nur aus einer Entfernung von maximal drei Metern geschossen. Das war ja auch kein Problem, wenn man unsichtbar war. Aber so ging das nicht. Vielleicht wäre ein Bogenkurs richtiger gewesen, als hier die Sau zu beglücken. Oder den Kater auf die gesamte Katzenmeute des Dorfes loszulassen.

Immer noch zielte sie auf den Mann und langsam verkrampften sich ihre Finger. Die Kraft des Bogens ließ ihre Hand zittern und das würde es nicht besser machen. Noch immer schnaufte der Eber glücklich und die Sau grunzte zufrieden. Wenigstens war dieser Schuss nicht vergebens gewesen.

Von ihr nicht beeinflussbar gaben ihre Finger das Geschoss frei. Alois bückte sich erneut und der Pfeil traf die vor ihm stehende Schubkarre. Mit einem summenden Geräusch prallte er ab, kam zurück und sauste nur Fingerbreit neben Aurelias Ohr vorbei. Erschrocken fuhr sie herum und sah, wie der Pfeil in Antons verlängerten Rücken einschlug. Mit einem Schmerzensschrei kippte der Mann nach vorne um und fiel der Länge nach auf die Wiese in das Heu.

Schnell versteckte sie den Bogen im Gebüsch und eilte humpelnd zu dem am Boden liegenden Mann. Neben ihm kniend drehte sie ihn um und

Anton stöhnte „Ich glaube, ich habe einen Hexenschuss!" Es war irgendwie nicht so toll, mit einer Hexe verglichen zu werden, aber Aurelia verkniff sich jede Bemerkung dazu. Der Engel half Anton auf und führte den Mann zur Bank.

Zwei humpelnde Geschöpfe, die sich gegenseitig stützten. Vorsichtshalber sah sie dem Mann in die Augen, aber da der Pfeil nur dessen Hintern getroffen hatte, war wohl die Liebe nicht in ihm erwacht. Etwas anders schon, wie sie bemerkte, als der Mann sich neben ihr auf die Bank setzte.

Offensichtlich bemerkte er es nun ebenfalls, schlug ein Bein über das andere und legte seine Hände in den Schoß, aber die gewaltige Beule in seiner Hose konnte er damit nicht verbergen. Sie sah, wie peinlich es ihm war und versuchte es sich nicht anmerken zu lassen, dass sie sein Dilemma bemerkt hatte. So saßen sie eine Weile nebeneinander und schauten einfach vor sich hin. Keiner von beiden sagte etwas. Alois kam aus dem Stall, beachtete sie nicht und ging an ihnen vorbei zum Haus hinüber.

Damit war nun an diesem Tag nicht mehr damit zu rechnen, dass er ihr noch einmal eine Gelegenheit zum Schuss geben würde. Drei Pfeile verschossen und im Moment litt Anton sichtlich unter den „Nebenwirkungen" des Treffers. Und da er auch noch schwul war, wie er ihr ja am Vortag gesagt hatte, konnte sie ihm noch nicht mal Linderung bieten. Oder doch?

Immer noch grunzte die Sau glücklich im Stall. Schwein musste man sein! Oder haben!

15. Kapitel

Notrufe

$\mathcal{E}$in freier Tag? Schon ewig hatte Lisa so etwas nicht mehr erlebt. Noch zweifelte sie, ob sie wirklich einen ganzen Tag freihaben würde. Sicherlich nur ein paar Stunden! Schon seit ewiger Zeit grinste sie das Handy förmlich an. Seitdem sie sich überlegt hatte, die Mutter oder Ruth zu kontaktieren und sie es danach einfach auf der Seitenleiste neben der Theke hatte liegen lassen. Sollte sie sich schon mal unverbindlich vortasten? Aurelia würde noch mehr wie eine Woche zu Gast sein. Danach würde auch sie gehen und da konnte es ja auch nicht schaden, schon mal die Unterkunft für die Zukunft zu klären. Deshalb schob sie sich das Handy in die Schürzentasche, ging nach draußen und setzte sich auf die Bank unter dem Apfelbaum.

Wen sollte sie zuerst anrufen? Die Freundin? Oder die Mutter? Sie klappte die Kontaktliste auf und das R von Ruth kam vor dem Namen der Mutter. War das schon eine Entscheidung. Lisa blickte in den Baum hinauf. Sie dachte wieder an den frostigen Blick der Mutter. Da war sie doch bei Ruth besser aufgehoben und konnte da vielleicht auch arbeiten!

Eine Sekunde schwebte ihr Finger auf der Nummer von Ruth, dann drückte sie darauf. Der Ruf flog in die Nachbarstadt. Vom Berg aus hätte man das Hotel von Ruth sicher sehen können. Ein Gast hatte ihr Mal ein Prospekt des Hauses gezeigt. Der Ruf tutete im Hörer. Dreimal, viermal. Endlich meldete sie sich mit „Hallo?" „Ruth? Hier ist Lisa!" „Hallo Lisa! Ich hab ja schon ewig nichts mehr von dir gehört", antwortete die Freundin.

Auf die Frage von Ruth „Wie geht es dir?" hätte sie mit der Wahrheit und mit „Beschissen!" antworten können, aber sie beließ es bei einem „Es geht so!" Ruth ging gar nicht darauf ein, sondern begann von ihrem Haus zu schwärmen. Das war hier ein Notruf! Da ließ man den anderen doch auch ausreden! Oder hatte die Freundin den Ernst der Lage nicht an ihrer Stimme erkannt?

Es dauerte ewig, bis Ruth endlich zum Ende kam. „Komm uns doch mal besuchen! Mich, meinen Mann und die beiden Kinder! Ich freue mich!", waren Ruths letzte Worte, bevor sie auflegte. Im ganzen Gespräch hatte Lisa sicher keine zwanzig Worte gesagt und nun wusste sie, dass Ruth schon zwei Kinder hatte. Das hätten ihre sein sollen!

Wütend warf sie das Handy auf die Wiese zu ihren Füßen. Ein kleines Mädchen lief an ihr vorbei zum Streichelzoo, sah das Handy im Gras liegen und fragte „Ist das deins?" „Ja! Danke. Das ist mir heruntergefallen", antwortete Lisa und nahm das Gerät wieder entgegen.

Blieb noch die Mutter. Oder sollte sie die Einladung von Ruth einfach annehmen? Da würde sie dann aber die beiden Kinder bei sich haben. So alt konnten die ja noch nicht sein. Ein oder zwei Jahre! Da würde sich jedes Gespräch zwangsläufig um die Babys drehen. Und eine richtige Unterhaltung würde das auch nicht werden können.

Also doch die Mutter! Das Gerät funktionierte noch und sie drückte die Nummer der Mutter. Auch diesmal ging der Ruf hinaus. Es dauerte eine ganze Weile, bis sich die Mutter meldete. „Was willst du?", war die erste Frage der Mutter und der Tonfall ließ Lisas Hand zittern. Mühsam sagte sie „Kann ich bei dir wohnen? Ich halte es hier nicht mehr aus!" „Du wolltest doch da leben! Nun lebe auch da." „Was hast du nur gegen mich?", entfuhr es Lisa. „Du bist eine Verräterin!", erklärte die Mutter überlaut und Lisa stockte dabei der Atem.

Es dauerte einen Moment des Schweigens, bevor sie rufen konnte „Ich bin keine Verräterin! Ich wollte nur hier bei den Tieren bleiben und nicht in der Stadt! Du bist die Verräterin! Du hast alles kaputt gemacht!" Dann schleuderte sie das Telefon zu Boden. Das metallische Geräusch beim Aufschlag kündete vom Treffen gegen einen Stein und damit vom Ende des Gerätes.

Heulend saß Lisa unter ihrem geliebten Apfelbaum. Das war alles so unfair! Lisa konnte den Fluss der Tränen nicht mehr stoppen. Verzweifelt dachte sie weiter nach. Weder Ruth noch die Mutter würden ihr helfen können. Nach einer Weile sah sie durch ihren Tränenschleier, das Lilith in den Biergarten kam, sich umsah und zu ihr herüberkam. Die Frau setzte sich neben sie und nahm sie wie selbstverständlich tröstend in den Arm. An Liliths Schulter heulte sie sich weiter aus und es schüttelte sie regelrecht dabei.

Es dauerte auch seine Zeit, bis die Tränen endlich versiegt waren, aber kaum war das geschehen, da hörte sie ihren Vater nach ihr rufen. Sie sprang von der Bank, nahm das Taschentuch, das ihr Lilith hingehalten hatte und säuberte sich damit. In Liliths kleinen Spiegel kontrollierte sie noch einmal ihr Lächeln, dann rannte sie los, denn der Vater hatte nun schon zwei Mal nach ihr gerufen und sie wollte ihn nicht zusätzlich provozieren.

Wieder eilte sie von Tisch zu Tisch, aber in ihrem Inneren da kämpften Verzweiflung und Entschlossenheit miteinander. Sie würde gehen! Ganz sicher! Oder doch nicht? Lilith brachte ihr das zerstörte Telefon, welches sie in die Schürzentasche schob. Da waren nur noch die SIM- und die Speicherkarte zu retten, der Rest war für die Tonne.

„Wo ist eigentlich meine Tochter?", wollte Lilith wissen, als sie sich das erste Glas Radler bestellt hatte. „Die lag doch vorhin noch auf dem Liegestuhl", entgegnete Lisa und sah den leeren Stuhl im Grase stehen. Noch einmal sah sie sich um, konnte Aurelia aber nirgendwo sehen. „Vielleicht ist sie wieder mit meinem Rad unterwegs", sagte Lisa noch. „Wohin?" „Vielleicht wieder zur Kirche, wie gestern!" „Da wollte ich auch noch hin!", sagte Lilith, trank aus und bezahlte. Wenig später ging sie.

Lisa sah der Frau hinterher. Etwas Mystisches schien diese Frau zu umgeben. Sie hatte sie nur durch ihre pure Anwesenheit getröstet. Nun, nachdem sie gegangen war, kamen der Zweifel und die Wut zurück. Wut über ihre Hilflosigkeit! Was nun? Wohin? Nur noch eine Woche Zeit! „Herr! Beschütze mich und gib mir ein Zeichen!", sagte Lisa leise und sah zu den kleinen weißen Wölkchen am Himmel hinauf.

Erneut brüllte der Vater nach ihr. „Zwei Bratwürste an Tisch vier!" Wie ein gehetztes Tier rannte Lisa in die Küche, warf die Würste in das Fett und stellte die Pfanne auf die Kochplatte.

Es dauerte, bis die Würste fertig waren und in dieser Zeit trug Lisa Bier an zwei Tische. Als sie die Würste aus der Pfanne nehmen wollte, da traf sie ein Spritzer heißes Fett auf den Arm. Sie schrie und fluchte, dass es kein Wunder gewesen wäre, wenn der Teufel persönlich gekommen wäre, um sie zu holen. Doch stattdessen kam ihr Vater und gab ihr eine Ohrfeige.

Weinend stürmte Lisa aus der Küche und verschwand auf der Wiese. Irgendwo ließ sie sich fallen und schrie ihren Schmerz heraus. Aber diesmal war niemand da, der ihre Tränen trocknen konnte. Niemand konnte sie trösten!

16. Kapitel

Hilfe in der Not

Eine ganze Weile hatten sie schweigend nebeneinander auf der Bank gesessen. Allerdings ließ die Wirkung des Geschosses nicht nach. Anton sah ziemlich gequält aus und Aurelia versuchte irgendwie ihr schlechtes Gewissen zu beruhigen. Aber es gelang ihr nicht, denn sie war ja daran schuld, auch wenn der Mann das natürlich nicht wissen konnte. „Wie geht es deinem Rücken? Besser?", fragte sie schließlich, um ihn abzulenken, und er entgegnete „Dem Rücken geht es gut." Da war so ein Aber in seinem Satz, auch wenn er es nicht gesagte hatte, sie hatte es gehört.

Schweigend sah sie ihn an. Zu seinem Problem kam noch ihres. Irgendwie war es mit ihrer Treffsicherheit nicht weit her. Anton war das beste Beispiel dafür. Würde es dem Mann helfen, wenn sie ihn weiter irgendwie ablenkte? Den Versuch war es sicher wert. „Kann man den hier auch in der Freizeit irgendwie Sport machen? So als Hobby?" Sie wollte ein unverfängliches Gespräch beginnen. „Man kann laufen, Fahrrad fahren und schwimmen." Anton erzählte deutlich gepresst. „Das klingt toll. Und mit Pfeil und Bogen schießen? Kann man das hier auch lernen?" Sofort verfluchte sich Aurelia innerlich für diese Frage, den er sah sie gequält an. Nun schien sein Blick sie durchbohren zu wollen.

„Ja! Kann man auch. Und wenn diese Hexe besser zielen gelernt hätte, dann hätte ich jetzt kein Problem!" Stöhnend wendete Anton sich von ihr ab. Aurelia musste schlucken. Erneut sausten die Schuldgefühle durch ihren Kopf. „Ich würde dir ja gern helfen, aber ich glaube, ich kann das nicht!" Sie hatte es nur leise gesagt und biss sich fast sofort auf die Lippe dafür, denn der Mann fuhr zu ihr herum und war deutlich rot im Gesicht.

Aurelia schlug die Augen nieder und wich seinem Blick aus. Noch immer grunzte die glückliche Sau im Stall. Wie lange konnte das wohl so weiter gehen? Auch Anton musste das Geräusch des beglückten Schweines hören. Er lehnte sich zurück und versuchte zu pfeifen, aber das klang ziemlich gequält. Irgendwann brach sein Lied ab und er stöhnte erneut auf.

„Ich halte das nicht mehr aus. Das tut so schrecklich weh!" Nun jammerte er und sah sie anklagend an. „Ich kann so noch nicht mal aufstehen!" Kurz zog er die Hände fort, um es ihr zu zeigen. Aurelia blickte hinab und zum Glück war die Naht seiner Arbeitshose doppelt genäht, sonst hätte sich der Stoff sicher schon gelöst.

Was konnte sie tun, um ihren Fehler wieder gutzumachen? Schließlich rang sie mit sich und sah dem Mann in die Augen. „Ich könnte dir in deiner Not helfen!" Aurelia hatte es geflüstert, damit nur er es hören konnte. Anton sah sich verzweifelt um, dann nickte er und sagte „Wir machen einen Deal. Du hilfst mir und ich helfe dir? Vielleicht beim Bogenschießen? Ich bin ein guter Schütze!"

Ein letzter Moment des Zögerns. „Abgemacht!", entgegnete Aurelia und gab ihm die Hand. „Wo und wie?" „Jetzt! Und dort!" Der Mann zeigte auf die Scheune. „Aber ich bin eine Frau", entgegnete sie und er antwortete gepresst „Das ist mir noch gar nicht aufgefallen!" Es sollte wohl scherzhaft klingen, doch die Anstrengung ließ das nicht zu.

Wenigstens gab das Schwein nun endlich Ruhe. Mit einem letzten Quieken verstummte der Eber. „Hilfe in der Not", sagte sie und stand von der Bank auf. Es waren nur etwa zwanzig Schritte bis zur Scheunentür, aber Anton konnte kaum einen Fuß vor den anderen setzen. Gebückt stand er dort vor der Bank.

Notgedrungen musste Aurelia ihn hinter sich her in das Gebäude ziehen und nachdem sie in dem schattigen Raum eingetreten waren, erklärte Anton noch einmal „Das ist aber nur wegen der Notlage, in welcher ich mich gerade befinde! Ich habe schließlich einen Freund!" Aurelia nickte ihm verstehend zu. „Ich verrate auch nichts!"

Suchend blickte sie sich um, während Anton sich schon umständlich aus seiner Hose quälte. Und es war eine Qual, bei der er sich aber von ihr nicht helfen lassen wollte.

„Wie soll ich dir denn nun helfen?" Der Mann zeigte zu einer Leiter, die an der Seite stand. Was hatte er mit ihr vor? Sie wagte nicht, ihn zu fragen. Einen Augenblick verharrte sie so, den Blick auf die gewaltige Erektion gerichtet. „Willst du wirklich?" Halbnackt vor ihr stehend fragte er noch einmal zur Sicherheit nach. Aurelia nickte, denn nun konnte sie wohl kaum wieder zurück.

Anton riss sich das Hemd vom Körper und warf es in die Ecke. Bei dem sich ihr bietenden Anblick des nackten Mannes musste sie schlucken. Hatte sie sich zu viel vorgenommen? „Zieh dein Kleid aus, stell dich an die Leiter, mit dem Rücken zu mir, und halte dich gut fest!" Anton redete nun deutlich gepresst. Einen Augenblick zögerte sie noch, bevor sie seinem Wunsch schließlich nachkam. Anton trat an sie heran, schob ihre Beine mit den Füßen auseinander und streichelte ihren Rücken.

Aurelia spürte die drängende Spitze an ihrer Hinterpforte. Sie hielt die Luft an, doch Anton sagte „Entspann dich!" Der Mann griff zu ihren Hüften, hielt sie daran fest und drängte in sie. Behutsam, aber dennoch kraftvoll!

Eine halbe Stunde später lehnte Aurelia mit zitternden Beinen an der Leiter, während sich Anton schnaufend in das Stroh fallen ließ. „Ich danke dir." Nun klang er erleichtert. Keuchend drehte sie sich zu ihm um. „Da habe ich aber mehr als einen Bogenkurs bei dir gut dafür!"

Langsam rutschte sie die Leiter herab, bis sie vor ihm saß. Diese Hilfe hatte sie sich eigentlich anders vorgestellt! Mund oder Hand, das wäre in

111

Ordnung gewesen. Aber so? Es hatte genauso wehgetan, wie einst, als sie das erste Mal mit einem Mann zusammen gewesen war. Damals, als Lilith sie in dieses Hotelzimmer geführt hatte.

Es dauerte eine ganze Weile, bis sich zuerst der Mann anzog und ihr danach das Kleid brachte. Dabei musste er ihr auf die Beine helfen. Schwankend verließ sie ein paar Minuten später die Scheune. Während Anton fröhlich, und diesmal richtig, pfeifend auf die Wiese ging, um seine Arbeit fortzusetzen, legte sich Aurelia auf ihren Liegestuhl. Sitzen wäre jetzt auch schlecht möglich gewesen. Selbst das Hocken im Stroh hatte schon zu sehr wehgetan. Zumindest würde Anton ihr das Bogenschießen beibringen!

Irgendwann fiel ein Schatten auf sie und der Mann fragte sie „Wollen wir?" Erschrocken sah sie Anton an und entgegnete „Hatten wir das nicht schon?" „Bogenschießen!", setzte er lachend hinzu und Aurelia atmete erleichtert auf. Langsam erhob sie sich von ihrem Ruheplatz und folgte dem Mann zur Seite. Er hatte sogar schon eine Scheibe aus Stroh auf die Wiese gestellt. Einen Sportbogen und Pfeile hatte er auch dabei.

Nun begann die Übung und Erklärung. Aurelia wählte den Abstand so, dass er in etwa dem entsprach, der zwischen Gebüsch und Stall lag. Die ersten 25 Pfeile verfehlten das Ziel und Anton war fast am Verzweifeln, bis sie begriffen hatte, wie es ging.

Pfeil für Pfeil tastete sie sich danach an die Mitte der Scheibe heran, bis jeder Schuss im Zentrum lag. Anerkennend klopfte Anton ihr auf die Schulter. „Ich bin stolz auf dich. So schnell hat das noch nie jemand gelernt!" Aurelia verschwieg ihm lieber, dass sie schon seit zweitausend Jahren mit dem Bogen schoss.

Ihre Fähigkeiten waren nur etwas eingerostet gewesen. „Und womit kann ich dir noch für deinen Dienst danken?" Anton sah sie fragend an, nachdem er die Pfeile und den Bogen wieder verpackt hatte.

17. Kapitel

Ohne Ausweg?

Er hatte alles versucht, um sich Lisa aus dem Kopf zu schlagen, aber nichts hatte bisher funktioniert. Und Franz hatte auch den Blick von Alois gesehen, als er in dem Biergarten gesessen hatte. Dieser Blick hätte Metall durchschlagen und wenn der Mann eine Flinte gehabt hätte, dann wäre Franz jetzt schon tot. Und damit vielleicht auch die Schmerzen los? Wer konnte das schon wissen. Blieb eigentlich nur noch der Alkohol, um sich abzulenken. Aber um sich sinnlos zu betrinken, arbeitete er an einer gefährlichen Position. Beim Umgang mit Maschinen war der Schnaps wohl die falsche Wahl. Doch wie konnte er diese Schmerzen des Herzens auf ein erträgliches Maß bringen? Dieses Sehnen beenden? Vermutlich konnte das nur Lisa und von der war er durch Alois getrennt.

Am letzten Tag hatte er alle Bilder von Lisa aus seinem Gesichtsfeld verbannt. Es war unglaublich, dass die Frau praktisch auf jedem Bild zu sehen war. Selbst auf einem Weihnachtsfoto, das ihn mit seiner Mutter zeigte, saß Lisa mit ihrer Mutter in der Ecke des Raumes. Er hatte bis zum Tag zuvor gar nicht gewusst, dass sich die beiden Mütter so nahe gestanden hatten, doch es war offensichtlich so gewesen. Zu seiner Entschuldigung fiel ihm da nur ein, dass er vermutlich fünf Jahre alt gewesen war, als das Foto gemacht wurde. Es waren hunderte Bilder gewesen und bei jedem davon hatte er einen kleinen Stich im Herzen gespürt. Nun war seine Wohnung praktisch von Bildern frei und der gut gefüllte Karton stand in einer Ecke im Keller. Gut verschlossen.

Doch das würde nur bedingt etwas helfen, so lange sein Fenster zu ihrem Fenster hin zeigte und er jeden Abend sah, wann sie in ihr Bett ging. Es schien wirklich ohne Ausweg zu sein. Gedankenverloren starrte er auf das Tischbein, welches er gerade in der Drehbank hatte. Dabei brauchte er nicht nachdenken, das konnte er einfach so, aber gerade darin lag auch die Gefahr. Er brauchte etwas, wobei er mit allen Sinnen bei der Arbeit sein musste! Allerdings eben nicht an der Säge, da wäre er vielleicht im ungünstigsten Falle ein wichtiges Körperteil los, wenn er mit seinem Gedanken nicht zu 100 % bei der Sache war. Was sonst noch? Vielleicht konnte er zur Konstruktion in den Nachbarraum gehen, um dort an der Entwicklung für einen neuen Tisch teilzunehmen.

Mit zwei Projektanten grübelte er schließlich über das Design nach. Das half etwas, aber das konnte er ja nicht für immer machen. Es musste etwas geschehen! Nur was? Verzweifelt zog er sich zurück und schloss sich auf der Toilette ein. Immer weiter überlegte er, was zu tun war, und immer wieder kam er zu demselben Ergebnis, dass er nichts tun konnte.

Schließlich begangen die Tränen zu laufen. Noch nie hatte er bisher aus solch einem Grund geweint. Wegen einer Frau! Als Kind, wenn er mal vom Baum gefallen war, oder sich mit dem Hammer auf den Daumen gehauen hatte. Aber nicht aus irgendeinem verdammten Gefühl heraus. Was geschah da gerade in ihm? Leise schluchzend zog es ihm den Hals zu. Er musste etwas unternehmen. Entweder würde ihn Alois töten, oder der Kummer würde dies tun! Das Ergebnis blieb dasselbe!

Heimlich schlich er sich aus dem Raum nach hinten von dem Firmengelände und lief nach drüben zum Biergarten. Allerdings war es eben noch während der Arbeitszeit und sein Chef saß an einem der Tische. So blieb ihm nur, aus einem Gebüsch der Frau seines Herzens zuzusehen, wie diese von Tisch zu Tisch ging und die Gäste bediente. Das fühlte sich nun nur noch viele

Schlimmer an. Franz kam sich vor, wie ein Spanner im Gebüsch. Ständig in Gefahr, das Alois ihn sehen würde. Oder irgendein anderer Gast! Dann würde er sich nie wieder irgendwo im Dorf sehen lassen brauchen. Zumal zwei halbnackte Frauen direkt vor ihm auf zwei Liegestühlen lagen und die Kinder immer an ihm vorbei zum Streichelzoo liefen.

Vorsichtig und jeden Laut vermeidend, schob er sich nach hinten vom Hof. Das war eine wirkliche Verzweiflungstat gewesen! Und es hatte nicht wirklich geholfen. Es war nur noch schlimmer geworden, da er ja Lisa aus der Nähe gesehen hatte.

Wie ein geprügelter Hund schlich er zur Arbeit zurück und von hinten durch die Halle zu seiner Drechselmaschine. Zum Glück hatte keiner sein Fehlen bemerkt. Die Projektanten dachten wohl, er sei in der Maschinenhalle und die in der Halle, er sei bei der Konstruktion.

Nichts war besser geworden. Still in sich hinein fluchend drehte er Tischbein um Tischbein. Seine Gedanken waren dabei bei Lisa, immer noch. Vor seinem Auge sah er wie sie durch den Biergarten lief. Vor ihm, an der Wand, hatte einer der Kollegen ein Kalenderblatt aus einem Aktkalender aufgehängt. Aber auch das half im Moment nicht, denn seine Vorstellung montierte einfach Lisas Kopf auf den Körper der nackten Frau. Das war auch nicht ganz so gut, denn die erzielte Wirkung passte so gar nicht zu der Arbeit an der Drehbank.

Endlich schlug die Uhr Feierabend und er wartete noch einen Moment, bevor er zum Umziehen ging. Im derzeitigen Zustand konnte er nicht die Hose herunterlassen. Der Meister rief nach ihm und Franz antwortete etwas von „Noch fertig werden!" Doch es war nicht die Arbeit, die fertig werden musste, sondern sein Gedanke an Lisa, der noch zu Ende gedacht werden musste.

Erst als der Meister ihm das Licht abdrehte, konnte er zu dem Umkleideraum schleichen. Da sah ihn ja auch keiner und der Raum war schon leer. Für ein paar Minuten saß er auf der Bank, dann zog er sich um und ging zum Biergarten.

Wo sollte er auch sonst hin? Freundlich lächelnd wurde er von Lisa bedient und das Zwinkern der Frau, als sie ihm das Bier auf den Tisch stellte, verschärfte nur sein „Leiden". Es war wirklich ohne Ausweg. Oder fast ohne! Lisa war der Ausweg, aber obwohl sie vor ihm stand, zum Greifen nahe, konnte er sie doch nicht erreichen.

Im Gedanken schon, in der Realität war da Alois, der auf die Tochter aufpasste. Erneut hatte ihn der alte Mann fest im Blick. Wo war die Flinte?

18. Kapitel

Engelsschwingen

Aurelias Haare hingen unter dem Helm hervor und wehten im Fahrtwind. Sie saß auf dem Moped hinter Anton und freute sich auf das Bad in der Abenddämmerung, dass ihr der Mann als zusätzliche „Entschädigung" angeboten hatte. Bogenschießen und baden, dabei dachte sie an das Bild von dem malerischen Teich, dass sie in dem Flyer gesehen hatte. Die Straße war nicht ganz so eben und daher musste sie sich mit beiden Armen um die Hüften von Anton klammern.

Sie hatte sich ein leichtes, kurzes Sommerkleid gewählt und den roten Bikini gleich darunter gezogen. Das Handtuch, welches sie sich bei Lisa ausgeliehen hatte, das war hinten in der kleinen Tasche, die auf dem Gepäckträger des Mopeds festgeschnürt war. Es war ein riesengroßes Handtuch und man konnte es auch auf der Wiese als Liegetuch verwenden.

Die Gegend war wirklich wunderschön und so ganz der Kontrast zu dem, wo sie sonst lebte. Natürlich fehlten ihr Daria und Sofie, aber ein bisschen Erholung tat schon gut. Und sie war ja im Urlaub hier! Anton bog in einen Feldweg, der zwischen zwei Bergen hindurchführte. Ganz klein fühlte sich Aurelia, als sie die felsigen Bergkanten nach oben sah, die nur ein paar Meter neben ihr in den Himmel zu führen schienen. Diesen versteckten Durchgang hätte sie alleine nie gefunden. Selbst wenn es ihr jemand beschrieben oder aufgemalt hätte! Das Moped schlängelte sich auf dem Pfad neben einem Bach entlang und wenig später öffnete sich der Durchgang zu einem weiten Tal.

Dieser Anblick verschlug ihr die Sprache. An Anton vorbei sah sie vor sich eine blaue Fläche mitten in das Grün von ein paar Büschen eingebettet. Die Felsen und der Himmel spiegelten sich in der glatten Fläche des Bergsees. „Wunderschön!", entfuhr es ihr. Sie hatte schon viele schöne Plätze in den letzten zweitausend Jahren gesehen, aber dieser hier schlug alles!

Das Knattern des Mopeds wurde als Echo von den Bergen zurückgeworfen und hallte noch nach, als der Mann den Motor schon abgestellt hatte. Wenig später standen sie alleine am Ufer. Niemand sonst war hier!

„Die Urlaubszeit beginnt erst noch. Dann sind hier manchmal hunderte Leute am Abend und wollen baden!" Anton gab ihr die Tasche, das Handtuch fand seinen Platz auf der Wiese und das Kleid landete daneben. Mit einem Satz war Anton im See eingetaucht und Aurelia folgte ihm. Der Gebirgssee war klar bis zum Grund und es nahm ihr fast den Atem, so kalt war das Wasser, im Gegensatz zur warmen Luft des heißen Tages.

„Habe ich dir zu viel versprochen?", fragte der Mann, als sie später zum Trocknen auf dem Handtuch saßen. „Nein!", hauchte Aurelia. Der Engel saugte förmlich diese Idylle in sich ein. „Kann ich sonst noch etwas für dich tun?" Sicherlich war dies eine rhetorische Frage, denn der Mann ließ sich der Länge nach mit dem Rücken auf das Tuch fallen und erwartete sichtbar keine Antwort von ihr.

Eine Idee sauste durch ihren Kopf. „Wenn du so fragst!" Aurelia beugte sich über ihn und ihre nassen Haare strichen über seine nackte Brust. Fragend sah er die Frau an und setzte dann erklärend hinzu „Du weißt doch noch, dass ich schwul bin?" Der Engel seufzte und nickte. Dabei streiften ihre Haare seine Wange. „Wenn ich doch nur meinen Bogen hier hätte!", sauste es durch Aurelias Kopf und gleich darauf verwarf sie diesen selbstsüchtigen Gedanken.

Aber er lag ausgestreckt vor ihr, zum Greifen nah. Fast nackt! Das Gefühl übermannte sie. Sie kam nicht umhin, den Mann zu küssen und er ließ es zu. Wohin hätte er auch ausweichen können? Schließlich ruhte er auf dem Rücken und Aurelias Kopf war direkt über ihm. „Hilfst du mir, so helfe ich dir", hauchte sie fast unhörbar über dem Mann. Ihre Finger strichen über seine Brust und spielten mit den schwarzen, gekringelten Löckchen darauf.

Ein unbändiges Verlangen nach diesem Mann raste durch den Körper des Engels und nichts konnte das mehr stoppen. Ihr Blick versank in seinen Augen und das warme Kribbeln in ihrem Bauch wurde immer stärker.

Sie wollte ihn und er sagte kein Wort, das sie stoppen konnte. Auch nicht, als sie sich das Bikinioberteil abstreifte und achtlos zu dem Kleid warf. Erst, als sie sich das Höschen auszog, versuchte er erneut seinen Einspruch einzulegen, doch sie verschloss seinen Mund mit einem Kuss. Und obwohl das vermutlich nicht zu erwarten gewesen war, begann sich seine Zunge in ihren Mund vorzutasten.

Anton wehrte sich auch nicht, als sie ihn von der Badehose befreite. Ohne seine Hilfe wäre ihr das auch schlecht gelungen. Es kribbelte in ihrem Schoß und sie wollte Abhilfe schaffen, denn seit Monaten hatte sie nun schon keinen Sex mehr gehabt. Mit einem Mann gleich gar nicht mehr! Und nun lag Anton vor ihr, bewegungslos, aber ein Mann.

Im Kuss vereint tastete sich ihre Hand nach unten und Aurelia freute sich, als sie spürte, dass ihre Bemühungen nicht vergebens waren. „Mein erstes Mal und dein erstes Mal an einem Tag!" Der Engel hatte es fast unhörbar vor Erregung in das Ohr des Mannes gehaucht. Geschwind schwang sie ein Bein über Anton und hockte sich auf seinen Bauch.

Langsam schob sie ihren Unterkörper nach unten, bis der erwartete Widerstand sie stoppte. Sich an ihn reibend brachte sie ihn und sich in die richtige Stimmung. Dann öffnete sie sich für ihn und nahm diesen Pfahl der Lust in sich auf. Die Nässe ihres Schoßes ließ ihn sacht in sie gleiten.

Stöhnend warf sie den Kopf zurück und genoss dieses schöne Gefühl.

Für einen Moment wartete sie, damit er sich an diese neue Empfindung gewöhnen konnte, dann begann sie ihr Becken zu bewegen. Zuerst ganz langsam wurde sie zunehmend schneller. Die Gier trieb sie voran und ihr gemeinsames Schnaufen klang als Echo von den Bergen zu ihr herab. Ausgehungert trieb sie sich selbst voran und wechselte immer wieder ihre Körperhaltung, um diesen Sinnesreiz vollständig auskosten zu können.

Offensichtlich gefiel dies auch Anton, denn sie beide brauchten nicht mehr lange, dann bäumten sie sich gemeinsam auf. Der Engel fühlte, wie sich die Muskulatur in ihrem Unterleib anspannte und sich der Höhepunkt ankündigte. Das Pulsieren in ihr schien ihren Schoß sprengen zu wollen und Aurelias Schrei war sicher weit zu hören gewesen, als sie zuckend auf seine Brust fiel.

Vereinigt und mit zitternden Beinen blieb sie auf dem Mann liegen, bis sie kraftlos zur Seite rutschte und auf dem Handtuch erschöpft liegen blieb. „Das war so schön!", sagte der Mann und setzte hinzu „Es sah aus, als ob Schwanenschwingen aus deiner Schulter gewachsen wären, die uns bei unserem Höhepunkt eingehüllt hatten!" Aurelia hatte so etwas noch nie gehört. Was war das wohl gewesen? Anton begann zu schnarchen und auch der Engel schlief langsam ein. Ein wohliges Gefühl war in ihrem Unterleib. Alles war gut. Es war das pure Glück, was sie im Moment in sich spürte.

Aurelia erwachte, als etwas ihren Bauch streichelte. Sie schlug die Augen auf und sah Anton über sich, so wie sie zuvor über ihm gewesen war. „Noch mal?", fragte er sie und der Engel nickte. Sie blieb unten und half ihm. Mit einer schnellen Bewegung ihres Beckens kam sie seiner suchenden Spitze entgegen und die Nässe ihrer Scham erleichterte sein Eindringen. Dasselbe Glücksgefühl wie zuvor durchströmte sie erneut, als er sich in ihrem Schoß zu bewegen begann.

Mit beiden Händen auf seinem Hintern zog Aurelia ihn tiefer in sich und er folgte ihrem sanften Druck. Seine beiden Hände hatte er neben ihrem Kopf aufgestützt, so nahm er den Druck von ihrer angespannten Brust. Langsam stieß er zwischen ihre geöffneten Schenkel und hauchte dabei einen zärtlichen Kuss auf ihre Lippen. Wenn er ihr nicht gesagt hätte, dass er schwul war, sie hätte es ihm niemals geglaubt. Diesmal dauerte es länger und somit hatte sie viel mehr Zeit, das Beisammensein zu genießen.

Als sie es nicht mehr aushalten konnte, begann sie fordernder und schneller ihr Becken ihm entgegen zu drücken. Sie verschränkte ihre Beine hinter seinen Oberschenkeln, um ihn nicht mehr aus sich herauszulassen. Mit geschlossenen Augen genoss sie seine stürmischen Bewegungen.

Anton steigerte ebenfalls sein Tempo und alles zog sich in Aurelia zusammen. „Oh mein Gott", stöhnte der Engel auf, dann zuckte sie zusammen. Ein zweistimmiges Stöhnen erklang, gefolgt von einer Entspannung ihrer Muskeln. Der gemeinsame Orgasmus überrollte sie erneut und alles war gut. Abermals lag sie zitternd dort, diesmal unter dem Mann, der sie nun sacht in den Sand drückte.

In der einsetzenden Dämmerung fuhren sie mit dem Moped zurück. Glücklich schmiegte sie sich an den Rücken des Mannes an. Erneut hatte sie ihre Arme um seine Hüften gelegt und ihr Kopf ruhte auf seinen breiten Schultern.

Gedanken sausten zurück zum See und eine Frage blieb in ihr zurück: Was hatte er mit den Flügeln gemeint? Wegen dieser Schwanenschwingen würde sie einfach mit der Mutter reden. Vielleicht wusste Lilith etwas Genaueres darüber.

Erst in der Dunkelheit der Nacht traf sie wieder in der Herberge ein. Lisa hatte extra an der Tür auf sie gewartet und daher verzichtete Aurelia darauf, sich bei Anton mit einem Kuss zu verabschieden, denn sie wollte die Stellung des Knechtes bei Alois nicht gefährden. Nur mit einem Händedruck verabschiedete sie sich von ihm und dabei hätte sie eigentlich gern mehr gehabt.

19. Kapitel

Eine Nixe

Anton sah die Frau an, die neben ihm leise schnarchte. Nackt hatte sie sich an ihn angekuschelt. Was war da nur passiert? Nur ein Gefallen? Den hatte er ihr schon durch die Fahrt zu diesem Teich zurückgegeben, an dessen Ufer sie nun lagen. Aurelia lag auf der Seite und hatte ihr angewinkeltes Bein über seinen Oberschenkel gezogen. Ihr langes Haar war ihr ins Gesicht gefallen.

Noch nie hatte er auch nur nach Frauen gesehen und nun lag er nackt neben einer. Aurelia hatte ihm erzählt, dass sie mit einer Frau zusammen lebte und ihre Freundin Daria gerade auf den Malediven war. Sein Freund Kurt war schon seit zwei Monaten im Norden beim Aufbau eines Gaskraftwerkes und würde da sicher noch weitere zwei Monate bleiben. Vielleicht war das ja ein Grund, aber es war keine Entschuldigung für das, was da gerade eben geschehen war.

Dennoch hatte es ihm gefallen. Die Frau hatte ihn ekstatisch geritten. So etwas hatte er noch nie erlebt. Wie auch! Mit Kurt war so etwas nicht möglich! Dazu wäre der Freund viel zu schüchtern. Trotzdem fehlten Anton die Zärtlichkeiten, die sie sich gegenseitig geben konnten und ihm fehlte Kurt! Im Schlaf bewegte sich die Frau und rieb sich an ihm. Sie war wirklich sehr hübsch und hatte ihm in der Scheune geholfen. Nun hatte er ihr geholfen und eigentlich waren sie damit schon wieder quitt. Aber da war etwas in ihm passiert, was er sich nicht erklären konnte: Er hatte plötzlich Gefühle für eine Frau!

Sein Blick glitt über ihren makellosen Körper, der auch noch im Sonnenlicht zu glänzen schien. Das aufgetragene Sonnenöl hatte sie eingehüllt und es roch so gut! Die Frau hatte ihm erzählt, dass sie gerade ihre Tochter abstillte und er ihre Brüste daher nicht berühren sollte, doch im Schlaf drückte sie nun ihre Brust gegen seinen Oberkörper. Das Gefühl war schön. Weich war die Frau. Änderte sich gerade etwas an seiner sexuellen Orientierung? Sicher nicht!

Anton begann sie mit Kurt zu vergleichen. Der Freund war auch eher der feminine Typ. Kurt war Ingenieur und seine Finger waren genauso feingliedrig und zart, wie die an Aurelias Hand, die gerade auf seiner behaarten Brust lag. Er wusste, dass sie darüber nie reden würde und auch er würde über das schweigen, was hier pas-

130

siert war. Das hatte er ihr in der Scheune schon versprochen.

Er hörte auf die nun leiser werdenden Schlafgeräusche der Frau neben ihm. Sicherlich war auch er nach diesem gemeinsamen Höhepunkt eingeschlafen, aber nun war er wach. Aufgewühlt traf es wohl eher! Sein erstes Mal mit einer Frau! Sein Vater hätte ihm sicherlich bewundernd auf die Schulter geklopft. Still musste Anton bei dem Gedanken an den Mann lächeln. Der alte Mann hatte bisher immer noch nicht begriffen, dass er eben anders war.

Die Frage der Mutter „Was haben wir nur bei dir falsch gemacht?" hatte er immer noch im Ohr und dabei blieb ein schaler Nachgeschmack zurück. Offensichtlich schämten sie sich für ihn, aber warum? Er war nun mal so, wie er war. Auch, wenn das den streng katholischen Eltern nicht zu vermitteln gewesen war. Und so würde es wohl auch für immer bleiben!

Aurelia drehte sich im Schlaf auf den Rücken und nun drehte er sich zu ihr. Auf der Seite liegend, den Kopf in die Hand und den Ellenbogen in den Sand gestützt, betrachtete er sie. Erneut stellte er fest, wie schön sie war. Oft hatte er hier die Frauen beobachtet, wenn er mit Kurt zum Schwimmen an diesem See gewesen war, aber Aurelia war mit keiner von ihnen vergleichbar.

Und sie war sehr leidenschaftlich gewesen, auch, wenn ihm da etwas der Vergleich fehlte. Sein Blick ging zum Wasser und er sah wieder vor sich, wie sie durch die Fluten getobt waren. Wie sie gelacht hatten und einfach nur Spaß gehabt hatten. Ein Lächeln zog über sein Gesicht und er konnte es spüren, wie die Frau ihm gute Laune machte.

Anton wendete sich wieder zu ihr zurück und streifte zum wiederholten Male ihren Körper mit seinen Augen. Langsam glitt sein Blick über die kleinen blonden Löckchen auf ihrem Venushügel, die großen Brüste mit den dunkelroten Knospen und über den schmalen Mund. Eine lockige, blonde Mähne umgab ihr Gesicht. Mit geschlossenen Augen ruhte sie neben ihm.

Nach seinen Augen zogen nun seine Finger vorsichtig streichelnd ihre Konturen nach, denn dieser Körper faszinierte ihn. Die Frau schien so zerbrechlich zu sein und war doch so stark. Eine schlafende Schöne oder eine Nixe auf dem Trockenen, wenn er an das ungestüme Planschen der Frau im Wasser des Teiches dachte.

Das Streicheln ihres Körpers hatte auch eine unbeabsichtigte Reaktion seines Körpers zur Folge, die ihn selbst überraschte. Die Erregung wurde langsam schmerzhaft und er konnte sich nicht mehr zurückhalten.

Anton beugte sich über sie, küsste ihre Lippen und Aurelia erwachte. Ihre Augen schienen zu leuchten. Er musste sie erneut küssen und fragte dann „Noch einmal?" Doch eigentlich hätte er gar nichts sagen müssen, den sein Wunsch war ihm deutlich anzusehen. Sie lächelte, nickte und küsste ihn nun ebenfalls. Im Liegen schob sie ihre Knie zur Seite und öffnete ihre Scham für ihn. Er konnte tief in sie hineinsehen und wälzte sich schließlich über sie.

Unter seinen Stößen erbebte sie, kam ihm aber immer wieder mit den Hüften entgegen. Dieser weiche Körper forderte nun alles von ihm ab. Mit halb geschlossenen Augen lag sie schnaufend unter ihm auf dem Handtuch. Alles in ihr schien sich zusammenziehen zu wollen und er spürte, wie ihr Herz zu rasen begann. Sie beide strebten der Erlösung aus dieser Lust entgegen und mit einem Schrei klammerte sie sich an ihn an. Ein zuckender Leib, über den ihr Verstand scheinbar keine Kontrolle mehr hatte.

Nur langsam ebbten die Wellen ab, die ihren Körper ihm entgegen drückten. Noch ein Stoß und er schoss seinen Samen tief in ihren Leib, da sie sich direkt an ihn anklammerte. Erschöpft fiel er auf sie, wie sie kurz zuvor auf ihn gefallen war.

Sich gegenseitig streichelnd lagen sie auf dem Handtuch. Wenig später ging langsam die Sonne unter und sie erhoben sich. Es wurde immer Dunkler in diesem Tal und im Scheine des Mopedlichtes wuschen sie sich schnell im See. Anschließend räumten sie ihre Sachen zusammen und verließen den Platz auf seinem Moped, denn es war noch ein langer Weg bis zur Herberge und es wurde auch auf der Straße vor dem Tal schnell finster. Kühl war es geworden, nachdem die Sonne untergegangen war und Aurelia trug ja nur das kurze Sommerkleid.

Sie klammerte sich fest an ihn an und er spürte, wie sie sich gegen seinen Rücken drückte. Dieser Frau würde er jeden Gefallen tun, den sie von ihm haben wollte. Hatte er sich in sie verliebt? Nein! Er liebte immer noch Kurt, das wusste er tief in sich. Aber er mochte sie, wie man eine Schwester mochte, nur das man nicht so etwas mit der Schwester machte, was sie gerade am See getan hatten.

Die Herberge kam näher und er fuhr die Auffahrt hinauf. Als sie ihm die Hand gab, da sah er die Gänsehaut auf ihrem Arm. Am Nachmittag hatte sie ebenfalls Gänsehaut gehabt, nur jetzt war sie wohl der Kälte geschuldet. Lisa stand mit einer Jacke vor der Tür und er musste sich mit einem Händedruck von Aurelia begnügen.

Mit dem Bild von Aurelias Körper vor Augen fuhr er das letzte Stück nach Hause. Ein Blick auf das Handy, aber kein Anruf! „Du fehlst mir Kurt!", sagte er und küsste das Bild des Freundes. Von Aurelia würde er ihm trotzdem nichts sagen, denn Kurt würde es sicherlich nicht verstehen.

20. Kapitel

In Momenten puren Glücks

Aurelia hatte in dieser Nacht einfach nur schön geschlafen. Die wohlige Wärme in ihrem Unterleib hatte sie mit einem Lächeln durch die Nacht gebracht. Anton hatte ihr am Morgen zugezwinkert, als er mit der Sense auf der Schulter an ihrem Liegestuhl vorbeigegangen war und der Pfeil hatte Alois genau dort getroffen, wo es Aurelia erwartet hatte. Das Üben hatte sich gelohnt.

Eine große Frage blieb aber noch: Was hatte Anton mit den Schwanenschwingen gemeint? Aurelia hatte schon oft auf Bildern und in Kirchen gesehen, dass dort an den Engeln solche Flügel zu sehen waren. Aber noch nie hatte sie einen Engel gesehen, der wirklich solche Flügel gehabt hätte. Es gab eigentlich nur Gabriel und Lilith, die sie danach fragen konnte und ob der Erzengel ihr eine Antwort gab, das war fraglich.

Oft antwortete er so, dass man hinterher mehr Fragen hatte, als zuvor. Lilith war da anders. Was sie sagte, das traf eigentlich zu. Meistens jedenfalls! Konnte sie die Mutter einfach so rufen?

136

Musste die nicht auf Sofie aufpassen? Mehr als eine Stunde rang Aurelia mit ihrer Neugier, bis sie sich endlich entschlossen hatte, die Dämonin zu kontaktieren. „Lilith!", rief sie und wenig später tauchte die Gerufene gähnend bei ihr auf.

„Sofie?", fragte Aurelia lächelnd und Lilith nickte. Mit der Hand zeigte der Engel auf den Liegestuhl neben sich und Lilith ließ sich regelrecht darauf niederfallen. „Was möchtest du, mein Kind?", fragte sie erneut gähnend. „Eine Frage!", begann Aurelia und suchte nach Worten. Schließlich begann sie die Situation am See zu beschreiben und die Dämonin war sofort hellwach.

Über den Rand ihrer Sonnenbrille hinweg fixierte sie Anton, wie Aurelia im spiegelnden Glas sehen konnte. „Du glückliche!", sagte sie schließlich und setzte erklärend hinzu „Ich habe es versucht und bin bei ihm abgeblitzt!" „Du?", fragte Aurelia lachend und die Dämonin zog einen Flunsch. Sie legte sich zurück und dachte offensichtlich über etwas nach. Gespannt sah der Engel zu ihr hinüber, wollte die Dämonin aber nicht bei ihrer Überlegung stören.

Eine Weile später begann Lilith zu erklären „In Momenten des puren Glücks können uns wirklich weiße Flügel wachsen. In Momenten des absoluten Hasses aber auch schwarze Rabenschwingen!" Dabei sah sie Aurelia fragend an. „Und du hattest wirklich weiße Flügel?", fragte sie. „Ich war abgelenkt! Aber Anton hat davon erzählt!" „Dann musst du wirklich in diesem Moment so voller Glück gewesen sein, dass es einfach so passiert ist!" „Das Glück kann ich nicht leugnen! Aber ich war zu beschäftigt!" Aurelia dachte an den Moment zurück und musste schmunzeln.

Die Dämonin griff nach ihrer Hand. „Ich freue mich für dich!", sagte sie. „Hast du wirklich mal Rabenflügel gehabt?", fragte Aurelia zurück. „Ein paar hundert Jahre lang", gab Lilith zu verstehen. „Ich war ein böses Mädchen und so voller Hass auf alles. Sogar auf mich selbst. Es gibt Bilder, die mich mit solchen schwarzen Flügeln zeigen, wie ich, nackt und blutbefleckt, über die Kadaver meiner Feinde schreite. Aber das ist lange her. Siehst du!", sagte Lilith und drehte sich so, dass Aurelia ihre nackten Schultern sehen konnte. Danach legte sie sich zurück und erklärte „Solltest du jemals sehen, dass mir schwarze Schwingen wachsen, dann lauf um dein Leben. Dann kann ich für nichts garantieren!"

Aurelia nickte ihr verstehend zu. Die Dämonin blickte wieder zu Anton, leckte sich die Lippen und fragte „Kann dein Freund mir auch weiße Flügel zaubern?" „Er ist nicht mein Freund. Wir haben uns nur gegenseitig einen Gefallen getan. Aber wenn du mir versprichst, keine schwarzen Schwingen zu bekommen, wenn er dich abblitzen lässt, dann frage ihn doch! Die Scheune ist frei!", entgegnete Aurelia mit einem Zwinkern.

Lilith lächelte versonnen, erhob sich und gab Aurelia einen Kuss. „Dann will ich mal fragen gehen, ob er mir auch seine Gunst gewährt", sagte Lilith und leckte sich erneut lüstern über ihre roten Lippen. Da schien ein gieriges Raubtier auf Beute aus zu sein und fast bedauerte Aurelia nun ihren Tipp.

„Viel Spaß mit ihm", flüsterte Aurelia und blickte zu Anton hinüber, den sie wohl gerade ihrer Mutter geopfert hatte. Bei seinem Anblick kam das schöne Gefühl zurück und sie setzte hinzu „Er hat mich vollständig ausgefüllt, wenn du verstehst, was ich meine! Ich bin jetzt noch ganz wund!"

Ein bewundernder Pfiff der Mutter ertönte. „Das hätte ich bei ihm gar nicht vermutet!", sagte die Dämonin und schob die Sonnenbrille nach oben. Schlendernd näherte sie sich in Schlangenlinien dem Mann, der mit nacktem Oberkörper das Gras mähte.

Aurelias Blick folgte der Mutter und endlich hatte sie den Mann erreicht. Ein kurzes Gespräch begann und wenig später schlenderte Lilith lächelnd zur Scheune. Offensichtlich waren sich die beiden ziemlich schnell einig geworden, denn Anton schloss sich ihr nach ein paar Augenblicken an.

Die Tür der Scheune fiel hinter den beiden zu und Aurelia blieb noch eine ganze Weile auf ihrem Liegestuhl sitzen, bevor die Neugier sie zu einem Spalt an der Scheunenwand zog. Im Dämmerlicht konnte sie Liliths nackten Rücken vor sich sehen. Der Mann lag am Boden und Lilith hockte über ihm, in der Art, wie sie es am Tage zuvor ebenfalls gemacht hatte.

Ekstatische Wellen warfen den Leib der Dämonin hin und her. Dann schossen für den Bruchteil eines Augenblicks zwei gigantische, weiße Flügel aus den Schultern der Frau. Aurelia konnte sehen, wie Lilith sich in die Hand biss, aber trotzdem war ihr Stöhnen noch fünf Meter entfernt deutlich zu hören.

Langsam ging Aurelia zu ihrem Liegestuhl zurück. Nach ein paar Minuten setzte sich Lilith neben sie, lächelte und sagte „Ich glaube, ich werde hier öfter Urlaub machen!" Dann nickten sie beide Anton zu, der an ihnen vorbei ging, um seine Sense zu holen.

Ein paar Augenblicke später tauchte Lisa auf, begrüßte Lilith und fragte „Was wollt ihr trinken?" Kurz darauf hatte Aurelia ihr Wasser und Lilith nippte an einem Cocktail aus Kokosmilch und Rum. „Schade, dass wir ihr keine Flügel machen können!", sagte sie, als Lisa gegangen war. Aurelia wäre fast das Wasser aus der Hand gefallen. Also doch! Max hatte den Fehlschuss zwar zugegeben, aber das Desaster war vermutlich nur die Schuld von Lilith!

„Ich hätte es wissen müssen, das du da etwas damit zu tun hast!", sagte Aurelia und Lilith sah sie verschmitzt lächelnd an. Gelassen nippte sie an ihrem Drink und entgegnete nichts. Aber ihre Augen sagten alles. Seufzend legte sie sich zurück. „Was hast du Max dafür versprochen, dass er solch einen riskanten Schuss überhaupt wagt?", fragte Aurelia.

„Flügel!", antwortete Lilith und zog am Strohhalm. „Flügel? Bis gerade eben hast du noch selber keine gehabt! Und die kannst du ihm doch gar nicht versprechen. Schließlich haben wir die doch nur, weil wir ein schlagendes Herz haben! Oder? Hast du etwa bei ihm auch schon Hand angelegt?" „Nein! Aber irgendwie ist er doch auch mein Sohn! Und es hat nichts mit einem Herzen zu tun, nur mit Glück", antwortete Lilith und schob sich die Sonnenbrille vor die Augen. Das war so eine Geste, die sagen sollte, dass sie nicht mehr darüber reden wollte.

Aurelia legte sich ebenfalls zurück und dachte nach. Wenn die Schwingen in Momenten puren Glücks wuchsen, dann hatten im Paradies vermutlich alle Engel noch ständig Flügel. Was war damals passiert und wo war das Glück hin? Wer konnte antworten? Lilith sicherlich nicht! Die begann gerade neben ihr entspannt zu schnarchen.

21. Kapitel

Aliens

Auf die Sense gestützt stand Anton am Rande des Feldes und sein Blick ging ohne Ziel in die Ferne. Still dachte er über diese beiden Frauen nach und dabei war er sich sicher, dass weder Aurelia noch Lilith wirklich Frauen waren. Zumindest keine von der Erde. Sie mussten Wesen aus einer anderen Welt sein, denn den Beiden waren im Moment des Orgasmus riesige Flügel gewachsen und von so etwas hatte er zuvor noch nie gehört.

In seinen Gedanken ging er alle jemals gehörten Gespräche noch einmal durch. Da er ja schwul war, redeten die Frauen meist ganz ungezwungen in seiner Nähe über Sex. Manche sagte, dass es wie fliegen war, wenn sie ihren Höhepunkt erreicht hatten, aber von Flügeln hatte keine gesprochen. Sicherlich waren diese beiden Wesen Aliens! Fremde Wesen aus dem Weltraum, die hier auf die Erde gekommen waren, um ihre eigene Welt zu retten.

Er hatte mal solch einen Film im Fernsehen gesehen. Da war auch so ein außerirdisches

Weibchen auf der Erde gelandet und hatte sich den Samen der Männer geraubt, um ihre Rasse zu erhalten. Aber das Weibchen im Film hatte die Männer dabei getötet. Er war noch am Leben! Und vielleicht war ja auch er so ein Alien hier. Ein Wesen, das hier nicht hingehörte.

Versonnen blickte er auf die Berge und ließ seinen Blick danach über das Dorf gleiten. Die Männer mieden ihn, die Frauen redeten manchmal mit ihm, nur seine Mutter dachte, er wäre von irgendeiner Krankheit befallen. Nur, weil er Männer liebte? Wütend schnaubte er und machte sich wieder an seine Arbeit.

Zum Glück hatte er Kurt kennengelernt. Der Ingenieur war damals eigentlich nur hierhergekommen, um Urlaub zu machen, doch schon am ersten Abend war es damals passiert! Sie hatten sich kennen und danach lieben gelernt. Kurt war hierhergezogen und nun lebten sie in einer gemeinsamen Wohnung. Wobei Kurt allerdings wegen seiner Arbeit immer unterwegs war. Gerade mal den Dezember hatte sie sich den ganzen Monat gehabt. In der Erinnerung daran seufzte er.

Vielleicht sollte er einfach mit ihm mitziehen, doch dann musste er seine geliebten Berge verlassen. Wenn die Menschen hier nur etwas toleranter gewesen wären! Aber in dieser erzkatholischen Gegend, da war er eben das schwarze Schaf! Nur mit Alois kam er gut zurecht. Die anderen Bauern beschäftigten ihn eher widerwillig, aber er machte eben seine Arbeiten gut. Da konnte sich keiner über ihn beschweren.

Das Ende der Wiese kam und er arbeitet sich zurück zur Herberge. Nun fiel sein Blick auf die beiden Frauen, die am Ende der Wiese in ihren Liegestühlen saßen. Irgendwie hatten sie ihn wohl mit einem Bann oder Zauber belegt, denn er hätte ihnen keinen Gefallen abgeschlagen. Fast keinen: denn für sie zu töten, da hätte er sich geweigert.

Langsam und im lang geübten Gleichmaß schwang er die Sense durch das hohe Gras. Nur Anfänger machten das schnell. Die Profis suchten ihren Rhythmus, in welchem sie den ganzen Tag eine Wiese nach der anderen abmähen konnten. Dabei ruhte sein Blick auf Aurelia. Sie trug wieder den roten Bikini vom Vortag.

Als er nur noch zehn Meter von ihr entfernt war, stand sie auf und brachte ihm ein Glas Radler. Das kalte Getränk tat gut in der Hitze. „Dafür hast du wieder einen Gefallen bei mir gut", sagte er und wischte sich den Schweiß von der Stirn. Aurelia lächelte ihn an und ging. Es schien, als würde sie zurück zu Lilith schweben.

Sein Blick ruhte auf dem Gang der Frau. Sie bewegte sich im perfekten Takt und es gab noch etwas, was an ihnen perfekt war: da sie ja keine Frauen waren, war er auch Kurt nicht untreu gewesen. Vielleicht nur ein bisschen! Versonnen schmunzelnd zog er wieder seine Spur durch das Gras. Lilith lächelte zu ihm zurück und nickte, als er auf ihrer Höhe war. Schon oft war sie hier zu Besuch gewesen, aber bisher hatte sich sein Interesse an ihr in Grenzen gehalten. Erst der Abend mit Aurelia hatte daran etwas geändert.

Sofort war er auf ihr Angebot eingegangen und er fühlte keine Reue dabei. „Willst du dir nicht lieber was überziehen? Du holst dir sicher einen Sonnenbrand!", rief Lilith ihm hinterher und er drehte sich zu ihr um. Natürlich würde das einen Sinn ergeben, schließlich arbeitete er schon den ganzen Tag mit nacktem Oberkörper, aber er hatte sich gut eingecremt. Er sah, wie Lilith sich die Lippen leckte. In ihrem Blick lag so etwas wie ein Raubtier, das gerade versuchte, seine Beute zu hypnotisieren.

146

„Nicht nötig, aber du kannst mich ja eincremen kommen", sagte er, zog die Tube aus der Hosentasche und hielt diese ihr hin. „Habe ich dann einen Gefallen bei dir gut?", fragte die Frau lauernd und er nickte. Sie sprang mit den Bewegungen einer Raubkatze auf ihn zu.

„Ich wechsele in einer halben Stunde von der Sense auf den Rechen. Der steht in der Scheune!", sagte er, nachdem sie ihm den Rücken eingecremt hatte. „Ich werde dort sein!", hauchte sie, ihre Hand strich über seine Hose und danach ging sie zu Aurelia zurück, die diese ganze Szenerie zwinkernd von ihrer Liege aus beobachtet hatte.

Bei diesen beiden Aliens würde er seine ganze Kraft brauchen. Pfeifend zog er weiter seine Spur durch die Wiese.

22. Kapitel

Ein freier Tag

Es war eine furchtbare Nacht gewesen. Offensichtlich war jede Katze der Umgebung in dieser Nacht rollig gewesen. Der Lärm hatte Lisa nicht schlafen lassen und nun stand sie gähnend auf dem Hof. Es war früh am Morgen, wie immer! Kasimir, der große, schwarze Kater, lag apathisch auf dem Blechdach vor dem Stall und war selbst mit seiner Lieblingsleckerei nicht dazu zu bewegen gewesen, auch nur eine Pfote zu rühren. Heute war ihr freier Tag! Da hieß es, die Arbeiten, die jeden Tag anfielen, so schnell wie nur irgend möglich zu erledigen, damit danach noch etwas Zeit blieb, denn sie hatte sich diesen Tag so sehr herbei gewünscht. Endlich mal erholen!

Lisa rannte förmlich zum Stall, um die Kühe zu melken. Auch das Füttern der Bewohner des Streichelzoos ging in Rekordzeit über die Bühne. Es schien ihr so, als hätte ihr Vater über ihren Eifer sogar gelächelt, als sie an ihm vorbei geeilt war, aber da konnte sie sich auch täuschen. Er hatte in den letzten zehn Jahren nicht ein einziges Mal gelächelt, also warum dann jetzt?

Nach dem Frühstück für die Gäste und anschließendem Saubermachen der Zimmer hatte sie gegen 11:00 Uhr frei. Wirklich frei? Nicht so richtig, denn der Vater wollte, dass sie ihren freien Tag auf dem Hof verbrachte.

Sie sollte sich sonnen und lesen und dabei auf einem der Liegestühle bleiben! Das war wohl seine Vorstellung von einem freien Tag! Der daraufhin folgende kleine Streit wurde direkt vor den Liegeplätzen vollzogen, auf denen Aurelia und Lilith in der Sonne ruhten. Vielleicht hatte sie extra diesen Platz dafür gesucht und Aurelias vorsprechen hatte sie es dann zu verdanken, dass der Vater schließlich doch noch einlenkte.

Mit der Freundin, und das war Aurelia in den paar Tagen schon geworden, durfte sie den Hof verlassen. Hand in Hand liefen sie barfuß die Wiese zum Berghang hinauf.

So oft hatte sie den Gästen den Weg bis zu der Almwiese beschrieben, aber gegangen war sie diesen Weg vor mehr als fünf Jahren das letzte Mal. Ein laues Lüftchen zog über die Felder und die Grashalme kitzelten an ihren Füßen. Nun musste sie diese wunderschöne Almwiese unbedingt Aurelia zeigen.

In der Erinnerung hatte sie noch gut den Duft der Blumen in der Nase! Gemeinsam liefen sie lachend durch ein Wäldchen nach oben, bis sich die Bäume zur Seite zurückzogen und eine fast kreisrunde Lichtung freigaben. Etwa fünfzig Meter im Durchmesser standen hier die herrlichsten Blumen, so, als hätten sie all die Zeit nur auf sie gewartet.

Gierig saugte Lisa diesen Duft in ihre Lungen ein und er schien noch besser zu sein, als der, welchen sie in der Erinnerung gehabt hatte. Er war würzig und kräftig! Einfach herrlich! So musste es wohl im Paradies geduftet und ausgesehen haben! Farbtupfer in allen Schattierungen waren zu sehen.

Nach ein paar Schritten ließ sich Lisa einfach nach vorn umfallen und lag völlig verdeckt im hohen Gras. Aurelia setze sich neben sie, während sie ein paar Käfern zusah, die vor ihrer Nasenspitze an den Grashalmen nach oben kletterten. „Herrlich!", war alles, was die Begeisterung aus ihr herausließ. Sie wendete ihren Kopf zu Aurelia, die in ihrem bunten Sommerkleid mit angezogenen Beinen und nackten Knien neben ihr auf der Wiese saß.

„Ich hätte nie gedacht, dass es hier oben so viele bunte Blumen gibt!", sagte die Freundin staunend. Lisa drehte sich auf den Rücken und sagte „Und Schmetterlinge!", dabei zeigte sie auf einen der Falter, der gerade in diesem Moment über sie hinwegflog.

Aurelia legte sich neben sie und sah nun ihrerseits den kleinen Käfern zu. Ein Marienkäfer balancierte auf dem Finger der Freundin dahin. Es war ein Bild der Harmonie und Idylle! Weiße Schäfchenwolken zogen als Herde am Himmel über ihnen dahin. Der Käfer entfaltete seine Flügel und brummte den Wolken entgegen. Konnte es einen besseren Platz als diesen hier geben?

Mit ihrem Blick diesem roten Käfer folgend, musste sie an den Vater denken, der sie von diesem Platz vertreiben würde und eine Träne rollte ihre Wange hinab. „Was ist denn los? Weinst du vor Freude?", fragte Aurelia und Lisa drehte sich ihr erneut zu. In den Augen von Aurelia lag etwas Warmes, Fürsorgliches und wie in einem inneren Zwang begann sie, Aurelia ihr Herz auszuschütten.

Es tat so gut, sich auch mal von diesem Kummer freizumachen und es war ein Monolog der sicher eine Stunde in Anspruch genommen hatte, aber Aurelia unterbrach sie nicht ein einziges Mal, sondern sie hörte gespannt zu. Das hätte sie sich auch von Ruth gewünscht, oder von der Mutter! Aber beiden schien wohl nicht viel an ihr zu liegen. Aurelia jedenfalls hörte geduldig zu.

„Ich kann dich gut verstehen", entgegnete Aurelia zum Schluss und wischte ihr eine Träne aus dem Gesicht. Es war solch eine zarte Berührung gewesen, dass es Lisa dabei fast den Atem verschlug. In diesem Moment fühlte sie sich verstanden und unglaublich geborgen! Alles war gut und aus dieser Geborgenheit heraus musste sie Aurelia einfach küssen und die Frau zuckte dabei nicht zurück. Ihre Lippen schmeckten süß und verlockend. Mitten in diesen Kuss vereint fiel ihr wieder ein, dass Aurelia ja eine Freundin hatte und Lisa zuckte zurück.

Lisa konnte spüren, wie sie rot im Gesicht wurde. Sie schlug die Augen nieder, die bisher an Aurelias Gesicht gehangen hatten und die nächtlichen Abenteuer mit Ruth fielen ihr dabei wieder ein. Durch die Wimpern hindurch sah Lisa die großen, fragenden Augen von Aurelia und musste nun einfach von Ruth erzählen.

Noch nie hatte sie darüber auch nur ein einziges Wort verloren, doch dieser Frau musste sie diese „Verfehlung" nun beichten.

„Aber da ist doch nichts dabei!", sagte Aurelia leise, nachdem Lisa, nun sicher mit roten Ohren, alles erzählt hatte. Die Frau streichelte ihre Wange und küsste sie. Einen Moment später tastete sich Aurelias Zunge in ihren Mund. Die alte Vertrautheit und Verspieltheit der Lehrzeit begann wieder durch ihren Körper zu sausen. Ihre Zunge nahm diesen Ringkampf an, in welchem es nur Sieger gab.

Wie auf Autopilot tasteten sich ihre Finger zur Brust von Aurelia, die aber mit einem Stöhnen zurückzuckte. „Entschuldige! Ich habe nicht daran gedacht!", lenkte Lisa schnell ein, doch Aurelia verschloss ihren Mund mit einem neuen Kuss. Ein unglaubliches Glücksgefühl sauste durch Lisas Körper und konzentrierte sich schließlich in ihrem pochenden Schoß.

Einen Augenblick später hatte Aurelia sie auf den Rücken gedrückt und war nun über ihr. In dieser Position befreite Aurelia sie von dem Sommerkleid und danach von der Unterwäsche. Überrascht versuchte Lisa sich aufzurichten, doch die Freundin drückte sie sanft wieder mit dem Rücken in das weiche Gras. Zärtlich begann sie mit Fingern und Mund Lisas Körper zu erkunden. „Genieße es!", hauchte die Freundin in ihr Ohr.

Immer tiefer schob sich die Freundin, dann verschwand Aurelias Kopf zwischen Lisas Schenkeln und es nahm ihr den Atem. So weit war Ruth bei ihr nie gegangen. Für einen Moment wollte sie entfliehen, aber es war jetzt viel zu schön, als dass Lisa auch nur einen Ton dagegen gesagt hätte. Das Verlangen in ihrem Schoß wurde so stark, dass Lisa keuchend in sich hinein horchte.

Mit geschlossenen Augen fühlte sie, wie die Freundin sie verwöhnte. Unwillkürlich zog sich ihr Körper zusammen und Aurelias Zunge wurde nur noch schneller. Es schienen sich kleine Wellen von ihrem Unterleib zum Kopf vorzuarbeiten und alles in ihr sehnte sich nach Erlösung.

„Mach dich frei von allen nutzlosen Gedanken!", sagte Aurelia von unten und setzte die Liebkosungen fort. Voller Lust bäumte sich Lisa auf, wurde aber festgehalten von den Händen der Freundin, die auf ihren angewinkelten Oberschenkeln ruhten. Nur ein paar Wimpernschläge

154

später bäumte sie sich auf und schrie ihr Glück aus sich heraus. Sie fühlte, wie sie sich zuckend hin und her warf, und dieses Gefühl schien ewig anzuhalten.

Nur mühsam kam sie wieder zu Luft, sah zu Aurelia hinunter, die sie über ihren Schoß hinweg anlächelte. „Jetzt bist du dran!", sagte Lisa und setzte sich auf, während sich Aurelia schon ihrer Sachen entledigte.

Das war wirklich ein freier Tag. Ein textil-freier! Aurelia gab ihr einen Kuss und Lisa schmeckte sich selbst auf den Lippen der Freundin. Dies gab ihr einen neuen Kick. Schnell tauschten sie ihre Plätze und das Spiel der Lust begann erneut.

23. Kapitel

Freundinnen

ℰin neuer Tag, ein neuer Pfeil. Auch dieses Geschoss hatte Alois an der richtigen Stelle getroffen. Am Morgen war er schon nicht mehr ganz so muffelig und jähzornig gewesen und das hatte Aurelia gezeigt, dass die beabsichtigte Wirkung schon eingesetzt hatte. Lisa wirbelte wie immer durch Haus, Garten und Wirtschaft. Sie hatte den freien Tag auf der Wiese sichtlich genossen. Lisa war die gute Seele der Pension und ohne sie wäre vermutlich der ganze Haushalt von Alois schon längst zusammengebrochen.

Die Beschreibung von Lisa am Vortag hatte Aurelia zu denken gegeben. Auch der Gesichtsausdruck von Lisa, wenn sie das kleine Kind der Nachbarin auf den Arm nahm, der sagte alles! Die Frau war eigentlich todunglücklich und daran konnte auch solch ein freier Tag nicht viel ändern.

Aurelia hatte schon verstanden, warum Lilith ihre Verbindungen hatte spielen lassen, um der Frau zu helfen, aber sie konnte nicht verstehen, dass Max sich darauf eingelassen hatte. Nun fiel ihr allerdings ein, dass sie ja selbst damals, naiv und jung, auf die Angebote der Dämonin eingegangen war.

Und jetzt wurde es auch Zeit dafür, den eigentlichen Plan zur Rettung von Franz weiter voranzutreiben und dazu musste sie nun zu Doris. Wenn der Moment gekommen sein würde, dann musste sie die Frau und Alois irgendwie alleine und gemeinsam vor ihren Bogen bekommen.

Am Tage zuvor hätte der Mann Doris sicherlich noch mit der Mistgabel vom Hof gejagt. Selbst jetzt hätte die Frau vermutlich keine Chance bei ihm. Aber der Pfeil würde wirken! Am Tage zuvor war Lilith wiederum ziemlich schnell aufgebrochen, wodurch Aurelia keine weiteren Fragen zu den Engelsflügeln mehr beantwortet bekommen hatte. Vielleicht würde sie beim nächsten Mal gesprächiger sein und offensichtlich hatte ja Lilith die Sache mit den Flügeln schon vor Aurelia gewusst, denn sonst hätte sie diese ja Max nicht als Lohn versprechen können.

In Gedanken versunken schlenderte Aurelia die Dorfstraße hinab. Sie wusste ja von Anton, wo Doris lebte, nur wie sollte sie es anstellen,

Kontakt mit der Frau herzustellen? „Willst du was von Alois?", wäre da wohl die falsche Frage.

Zuerst musste Aurelia eine Art von Vertrauensbasis zu Doris aufbauen. Sozusagen unter Freundinnen wäre alles andere danach nur noch ein Kinderspiel.

Immer wieder gingen ihre Gedanken dabei zu den Flügeln. Liliths Flügel waren wunderschön gewesen, aber ihre eigenen hatte sie nicht sehen können. Waren sie auch so schön und groß? Wie immer hatte sie beim Höhepunkt die Augen geschlossen, um es mehr zu genießen. Nun ärgerte sie sich deswegen. Vielleicht konnte ihr ja Anton noch einmal seine Gunst erweisen.

Lächelnd erreichte sie das kleine Haus. Der Garten davor war sehr schön. Bewundernd stand der Engel am Zaun und betrachtete die verschiedenen Blumen. Vorsichtig beugte sie sich zu einer davon hinab, roch daran und musste Niesen. „Gesundheit!", hörte sie eine Stimme und antwortete „Danke!" Dabei sah sie Doris, die gerade aus ihrem Haus gekommen war. „Sehr schöne Blumen haben sie in ihrem Garten!", sagte Aurelia und Doris erklärte ihr die nächste Stunde jede einzelne davon.

Anschließend saßen sie auf einer Bank zwischen zwei Rosenstöcken. Es duftete herrlich. „Du hast so viele wunderschöne Blumen hier bei dir", stellte Aurelia bewundernd fest. Doris holte Kaffee, brachte Kuchen und dann erzählte Aurelia von dem Blumenfeld vor Lisas Haus. Damit war nun das Interesse von Doris geweckt.

Auch wenn das große Blumenbeet vom Weg aus zu sehen war, so wollte Doris nun alles wissen. Jedes Detail war wichtig. Vor allem Alois schien es ihr angetan zu haben und das bestätigte die Geschichte von Anton. Das würde ihr die ganze Sache erleichtern und beim Aufbruch verabredete sich Aurelia mit der Frau, das Doris sie am übernächsten Tag dort besuchen sollte.

Begeistert stimmte Doris zu. Offensichtlich nutzte sie jede Chance, in dem Hause zu sein. Mit einer freundlichen Umarmung verabschiedete sich Aurelia und brach singend wieder auf. Das schien alles ziemlich leicht zu gehen! In Gedanken versunken machte sich Aurelia auf den Rückweg.

Nach ein paar Schritten zog es ihren Blick zur Seite. Auf einer Bank am Wegesrand saß eine Mutter und stillte ihr Baby. Bei diesem Anblick zog es auch in Aurelias Brüsten. Das schlechte Gewissen wegen Sofie stellte sich erneut ein. Schon ein paar Tage hatte sie die Tochter nicht mehr gesehen. Schnell ging sie weiter und rief, hinter einer Wegbiegung, nach Linth.

Es dauerte auch wirklich nicht lange, da erschien die Dämonin vor ihr. „Sofie?", fragte Aurelia. „Deiner Tochter geht es gut. Die Zähnchen sind endlich da!", sagte Lilith stolz. „Kann ich sie sehen?", fragte Aurelia und Lilith nahm sie unter ihren Umhang. Einen Augenblick später standen sie in einer Gasse einer alten Stadt. Vor ihnen befand sich eine große Villa und Lilith schob die Tür auf.

„Hier wohnst du?", fragte Aurelia überrascht, als sie einen großen Raum betrat. Sie sah schöne alte Möbel und Bilder an der Wand. Alles war wirklich geschmackvoll eingerichtet. „Du hast wohl etwas anderes von einer Dämonin erwartet. Oder?", fragte Lilith, lachte und legte ihren Umhang ab.

„Ja! Eine Höhle oder so etwas!" „Tja! Biedermeier! Für jeden ist die Hölle etwas anderes", antwortete Lilith und ging neben Aurelia eine große Freitreppe hinauf. Das Haus war wirklich riesig. Ein Schloss! In einen Zimmer mit rosa Tapete schlief Sofie in einem Kinderbett. „Rosa?", fragte Aurelia erstaunt und Lilith ließ lachend ihre Eckzähne aufblitzen. „Das war Gabriels Idee!", gab sie zu verstehen. Aurelia hob die schlafende Tochter aus dem Bett. „Wie habe ich dich vermisst!", hauchte sie und sah in Sofies liebes Gesicht.

Zärtlich streichelte sie die Wange der Tochter, dann legte sie das schlafende Kind zurück. „Du bist doch meine Freundin?", fragte sie die Dämonin und Lilith nickte. „Und du würdest mir immer die Wahrheit sagen?" „Meist!", sagte Lilith lächelnd. „Die Flügel!", sagte Aurelia und setzte fort „Deine habe ich ja nun gesehen, aber was hat es damit auf sich?" „Habe ich dir das nicht schon erklärt?" „Ja! Aber ich habe noch nie einen Engel mit Flügeln gesehen und eigentlich bist du ja auch kein Engel. Oder?", fragte Aurelia. Lilith zeigte zur Tür und sie verließen das Kinderzimmer leise, damit die Tochter weiterschlafen konnte.

In einem Empfangsraum sitzend erklärte Lilith „Damals, im Paradies, da hatten die Engel alle lange und wunderschöne Flügel. Gott hat mich nach ihrem Ebenbild geschaffen, so, wie er danach Adam und Eva nach seinem Ebenbild.

Allerdings eben ohne Flügel! Nach der Vertreibung der Menschen aus dem Paradies haben wohl auch die Engel das ewige Glück verloren und damit auch ihre Flügel!"

Nachdenklich sah Aurelia aus dem Fenster. „Dann hatten, mit uns beiden, vorgestern und gestern zwei seiner Geschöpfe zum ersten Mal seit tausenden Jahren wieder Flügel?" „Ja! Ich habe es gewusst, als du Mutter geworden bist, dass dieser Zeitpunkt kommen würde!" „Ich danke dir, aber trotzdem würde ich meine Flügel gern auch mal sehen!" „Halte beim nächsten Mal einfach die Augen offen! Aber nun wird es Zeit, wieder zurückzugehen!", sagte Lilith und erhob sich.

Warum hatte es die Dämonin nun auf einmal so eilig? Doch Aurelia wusste ja, dass sie eine Aufgabe zu erfüllen hatte! Oder waren es noch zwei? Lilith stand schon am oberen Ende der Freitreppe und nach einem letzten Blick zu Sofie folgte ihr Aurelia.

24. Kapitel

Wo findet man das Glück?

Lilith hatte sie wieder vor dem Haus von Doris abgesetzt und nun saß Aurelia auf der Bank vor dem Garten und dachte über die Worte der Dämonin nach. Das Glück war verschwunden. Aber wo war es jetzt? Und konnte man es wiederfinden? Was war überhaupt Glück? Der Engel legte seinen Kopf zurück, schloss die Augen und genoss das warme Sonnenlicht auf seinem Gesicht. War das nicht schon ein Glück? Diese wohltuende Wärme zu spüren? In der Sonne zu sitzen und einfach die Ruhe zu genießen? Schön war es auf alle Fälle.

Aurelia dachte an all die Jahre zurück, in denen sie so viele Liebespaare mit ihren Pfeilen verbunden hatte. Waren die Menschen danach glücklicher gewesen? Meist schon!

Solange die Liebe hielt, so lange blieb auch das Glück! Konnte man es in der Liebe finden? Sicherlich! Wo sonst? Die Gedanken des Engels gingen zurück zu dem Moment, als Lilith in ihr Leben getreten war. Damals hatte die Dämonin ihr die verschiedenen Formen der Liebe gezeigt.

Die Liebe eines Kindes zu seiner Mutter. Die Liebe einer Frau zu einem Mann. Einer Frau zu einer anderen Frau. Und durch Sofie hatte sie nun auch die Liebe einer Mutter zu ihrer Tochter erfahren. Aber war sie dabei glücklich gewesen? Sie dachte an die schmerzhafte Geburt zurück. Danach hatte man ihr Sofie in den Arm gedrückt und sie war viel zu erschöpft gewesen, als dass sie dieses Glück wirklich genießen konnte.

Später mit Daria hatte sie sich einfach nur stundenlang vor das Bettchen stellen können, um das kleine Geschöpf zu betrachten. War das Glück? Eigentlich ja! Sofie war gesund und alles war gut, trotzdem fehlte irgendetwas. Was? Das Glück? Warum hatte sie in diesem Moment nicht ihre Flügel bekommen? War es die Sorge um Sofie, die das Glück unterdrückte? Bei Anton hatte sie sich einfach fallen lassen. Sie hatte den Kopf ausgeschaltet und das Glück war einfach so zu ihr gekommen! Über sie gekommen!

Aus einiger Entfernung hörte sie eine leise Kinderstimme und als sie die Augen öffnete, da sah sie ein kleines Mädchen von vielleicht vier Jahren. Die Kleine hatte lange blonde Zöpfe und kniete am Wegesrand. Verzückt streichelte sie ein Kätzchen. Auf unsicheren Pfoten tapste die Katze umher. In Menschenjahren war das Kätzchen sicher genauso alt, wie das Mädchen.

Beide wussten nichts von der Welt. Beide folgten ihrem Gefühl. Vielleicht war es das, was das Glück bracht: nur auf sein Herz zu hören. Zumindest waren das Mädchen und das Kätzchen glücklich. Die Kleine lachte und die Mieze schnurrte vor Vergnügen.

Langsam erhob sich Aurelia und machte sich auf den Weg, der zur Herberge führte. Nach ein paar Schritten blieb sie wieder stehen. Blieb eigentlich nur die Frage, wie die Engel im Paradies Flügel haben konnten. Ohne Herz ging das doch nicht. Oder doch? Konnte man ohne ein schlagendes Herz denn glücklich sein? Konnte man da Liebe fühlen? Vielleicht die göttliche Liebe? Wenn Max Flügel haben wollte, so brauchte er dafür ein schlagendes Herz, so wie das ihre es nun war. Ein Herz, das lieben konnte.

Doch die Angst kam ja vom Kopf her! Wenn die Engel ihre Flügel eingebüßt hatten, so hieß das eigentlich nur, dass die Angst in ihren Köpfen steckte. Angst wovor? Oder hatten sie die göttliche Liebe verloren? Das konnte ja auch nicht sein. Gott liebte ja alle seine Geschöpfe! Erneut grübelte Aurelia nach. Nur ein paar Engel waren damals dort gewesen. Lilith konnte nicht wissen, warum die Engel keine Flügel mehr hatten. Aber vielleicht wusste es Gabriel?

Aurelia drehte sich um und sah zur Kirche. Damals hatte sie Gabriel dort gefunden. Sicher würde der Engel auch diesmal dort zu finden sein. Also auf zu diesem Haus Gottes! Immer näher kam die Kirche. Schon bald konnte sie eine Gestalt sehen, die vor der Kirche saß.

Es war Anton, der auf einer Bank hockte und irgendetwas schnitzte. Aurelia stoppte und sah zu ihm hinüber. War das schon eine Antwort auf ihre Frage? Oder auf ihre Bitte? Sie wollte zwar ihre Flügel gern sehen, doch sie wagte nicht, den Mann um diesen Gefallen zu bitten. Es fühlte sich falsch an. Oder war das ihr Kopf, der das Zusammensein verhindern wollte? Die Vernunft, die gerade rief: Das darfst du nicht? Ohne dass sie darüber nachdachte, setzte sie sich erneut in Bewegung und folgte ihrem Gefühl.

Langsam und bedächtig setzte sie ihre Füße auf den kurzen Anstieg. In wohltuendes Sonnenlicht gehüllt, ging der Engel auf die Kirche zu. Konnte sie eigentlich den Erzengel mit ihren banalen Fragen von seiner Arbeit abhalten? Oder war das schon wieder dieser verdammte Kopf? Warum hatte Lilith eigentlich ihr Herz geweckt, wenn sie es nun kaum benutzte? Sie legte ihre Hand auf ihr Herz und hörte in der Bewegung in sich hinein. „Mach einfach!", schrie das Herz.

Vor dem Tor nickte sie Anton zu und betrat dann den Chorraum. Das Gebäude war diesmal leer. Niemand wartete und störte sich an ihrem sommerlichen Aufzug. Wie beim letzten Mal setzte sie sich vor den Altar und rief laut nach Gabriel. Es dröhnte in dem Gotteshaus und Aurelia zuckte erschrocken zusammen. Sicher hatte es Anton gehört, aber hatte ihr Ruf auch den Erzengel erreicht?

Es dauerte eine ganze Weile und Aurelia wollte schon wieder gehen, da erschien der Engel und setzte sich neben sie. „Du hast mich gerufen?", fragte er und sie antwortete „Ja! Wie war das damals mit euren Flügeln?"

Der Erzengel sah nach vorn zum Altar, als wolle er für die Antwort um Erlaubnis bitten. Schließlich sagte er „Ich kann nicht für die anderen sprechen, aber durch den Zweifel sind sie mir abhandengekommen" „Woran hast du gezweifelt?", fragte Aurelia überrascht. „An uns? An Gott oder den Menschen?", setzte sie nach. „An allem", entgegnete der Engel klar. „Auch an ihm?", fragte sie und zeigte nach oben. Gabriel nickte und beugte sich zu ihr. Er flüsterte, kaum hörbar, in ihr Ohr „Ich weiß nicht, ob die Vertreibung so eine gute Idee gewesen war. Ich hätte Adam noch eine zweite Chance gewährt!"

„Du hättest auf dein Herz hören sollen!", entgegnete Aurelia. „So wie Lilith oder Luzifer?", antwortete Gabriel. Er stand auf, blickte sie an und sagte dann „Vielleicht wäre das besser gewesen!", danach verschwand er und sie war nicht viel schlauer als zuvor.

Es war wohl ein Fehler gewesen, nach Gabriel zu rufen. „Ich will meine Flügel sehen!", rief sie nach oben und erhob sich. Es war wohl Zeit, mal wieder diesen verdammten Kopf abzuschalten. Wie hatte Lilith so treffend gesagt? „Halte deine Augen offen!"

Die Lösung des Problems war nicht hier drin zu finden. Sie saß auf der Bank vor diesem Haus! Sollte sie es wagen und Anton einfach ansprechen? Sie zweifelte, doch das war schon wieder dieser Kopf, der ihr etwas vorschreiben wollte.

168

Aurelia legte ihre Hand auf die Brust und spürte in ihr klopfendes Herz hinein. Wie sahen ihre Flügel aus? Nur Anton konnte ihr diese Frage beantworten. Sie blickte nach oben und sagte „Vergib mir Vater, aber ich will das jetzt wissen!"

Mit schnellen Schritten verließ sie das Haus. Zum Glück saß Anton noch immer auf der Bank. Als ihr Schatten auf sein Gesicht fiel, da blinzelte er sie an und Aurelia fragte „Kannst du mir noch einmal einen Gefallen erweisen?"

Es dauerte einen gefühlt ewigen Zeitraum, bis der Mann mit einem Nicken zustimmte. Das Glücksgefühl war zum Greifen nah und ihr Herz machte einen vergnügten Hopser vor Freude.

25. Kapitel

Seltsame Dinge geschehen!

*I*rgendetwas Seltsames ging hier vor sich! Am Morgen war der Vater singend und pfeifend in den Stall gegangen! Das hatte Lisa seit zehn Jahren nicht mehr erlebt! Und er hatte sie auch noch für ihre Arbeit gelobt! Fast wäre sie dabei zurückgezuckt. Vor ein paar Tagen hatte er ihr noch eine Ohrfeige gegeben und nun das hier? Lisa konnte es nicht verstehen und gleichzeitig vermutete sie, dass der Vater wohl auf irgendeine Art mitbekommen hatte, was sie plante.

Wollte er so verhindern, dass sie ging? Dann hatte er sich aber geschnitten! Nur ein paar Tage der Freundlichkeit und ein freier Nachmittag in der Woche reichten schon lange nicht mehr aus, um sie umzustimmen. Das Maß war voll und es würde viel mehr bedürfen, als nur einer Geste, um das wieder irgendwie zu kitten.

Grübelnd machte sich die junge Frau an ihre Arbeit. Wie jeden Morgen war die Küche blitzblank. Schließlich hatte sie ja auch am Abend noch mehr als eine Stunde den Raum auf Vordermann gebracht. Die Auflagen des Gesundheitsamtes hingen vorn neben dem Tresen und konnten jederzeit geprüft werden und da wäre es fatal für die Wirtschaft, und für ihren guten Ruf, wenn es da zu einer Beanstandung kommen würde. Über den ganzen Tag würden dann wieder die allgemeinen „Verwüstungen" die Küche heimsuchen. Aber da sie hier praktisch alleine war, blieb am Tage kaum Zeit, die Spuren der Küchenarbeit zu beräumen.

Andere Häuser hatten eine Küchenhilfe und auch sie hatten mal eine gehabt. Traudel, wie sie die alte Frau nur genannt hatte, war vor drei Jahren gestorben. Sie war fast so etwas wie ein Mutterersatz für Lisa gewesen und es hatte sie geschmerzt, die Frau zu verlieren. Noch mehr hatte es sie aber geschmerzt, dass der Vater ihr nichts vom Ableben der Freundin mitgeteilt hatte. Sie hatte es erst nach dem Ende der Lehrzeit erfahren. Freudestrahlend war sie mit dem Zeugnis der Berufsschule in den Raum getanzt und niemand war da gewesen, der sich mit ihr freuen konnte.

Dieser Schmerz kam gerade wieder zurück, als sie die Pfanne auf den Herd stellte. Es war eine alte, gusseiserne Pfanne, die Traudel damals so gern benutzt hatte.

„Lisa! Die Betten!", sagte der Vater durch die offene Tür und dieser Satz hatte fast etwas Liebevolles. Leise gesprochen, nicht gebrüllt. Das war doch auch schon mal etwas! Die Gäste setzten sich in den Frühstücksraum, der Kaffee lief in der Maschine durch und der Vater holte das Geschirr. „Die Eier sind gleich so weit!", sagte Lisa und rührte das Rührei in die heiß gewordene Pfanne.

„Lass mal! Das mache ich!", sagte der Vater, der jetzt neben sie an den Herd getreten war, und Lisa sah ihn von der Seite aus an. War das noch ihr Vater? Der hatte in der Küche noch nie eine Pfanne berührt! „Der Kaffee ist gleich fertig!", sagte sie noch, dann eilte sie aus dem Raum.

Auf der Treppe nach oben kam ihr Aurelia entgegen. Die Frau strahlte regelrecht. Beide nickten sich freundlich zu und es war sogar Zeit für einen kurzen, aber leider belanglosen Schwatz, denn der Vater stand nur ein paar Schritte hinter ihr an der Küchentür.

Schließlich riss sie sich los und lief weiter. Im Umdrehen sah sie, dass der Vater Aurelia mit einem Lächeln begrüßte. Hatte der irgendwelche Drogen genommen? Oder neue Tabletten erhalten? Das Ganze war ihr irgendwie nicht geheuer.

Wenn das so blieb, dann konnte man es hier wirklich aushalten. Aber was, wenn der Vater in ein paar Tagen wieder so war, wie Lisa ihn nicht haben wollte?

Fünf Betten waren schnell gemacht. Die Handgriffe waren altbekannt und Lisa konnte das fast im Schlaf. In ein paar Tagen würde das Haus voll sein, dann wären es 25 Betten! Wenn sie dann noch hier war! Kurz drei Bäder aufräumen und Grundordnung in den Zimmern machen, danach wieder nach unten.

Als sie den Frühstücksraum betrat, sah sie, dass nichts mehr für sie zu machen war. Der Vater drückte ihr eine große Tasse Kaffee in die Hand und schob sie auf einen Stuhl. „Mach mal Pause!", sagte er. Lisa sah in die Tasse und blickte ihren Vater an „Wer sind sie und was haben sie mit meinem Vater gemacht?", fragte sie und legte ihren Kopf leicht schief. Der Vater winkte ab, lächelte und holte ihr einen Teller mit einem halben Brötchen. Geschmiert mit ihrer Lieblings-Nussnougatcreme! So, wie sie es vor Jahren gern gemocht hatte, als die Mutter noch hier gewesen war.

In der Erinnerung rollte eine Träne über ihre Wange und sie biss in die Brötchenhälfte. Versonnen ließ sie ihren Blick über die Gäste gleiten. Aurelia zwinkerte ihr zu. Auch die Freundin hatte ein halbes Brötchen in der Hand und es schien Erdbeermarmelade darauf zu sein. Lisa stutzte. Wo kam die Marmelade her? Sie blickte zu ihrem Vater auf und der sagte nur, als hätte er ihre gedachte Frage gehört, „Die ist von Doris!" Lisa mochte die Frau und bis gerade eben hätte sie nie vermutet, dass der Vater von ihr irgendetwas annehmen würde.

„Kümmerst du dich bitte noch um die Tiere vom Streichelzoo?", fragte der Vater. Er hatte „Bitte" gesagt. Dieser Tag wurde immer seltsamer. Lisa brachte die nun leere Tasse in die Küche und holte das Futter aus der Scheune. Die Betreuung der kleinen Tiere war ihr die liebste Tätigkeit auf dem Hof. Zwei Schafe, ein paar Kaninchen, ein Pferd, zwei Ponys, ein Esel, ein paar Wellensittiche und zwei Enten wollten nun ihre ganze Aufmerksamkeit. Diese morgendliche Ruhe war es, die Lisa so liebte. In ein paar Minuten würden die Kinder über den Streichelzoo herfallen. Da wäre es dann mit der Ruhe vorbei.

Anton stand schon auf der Wiese und wendete das Heu, was sie für die Hasen und Ponys brauchte. Sie ging zu ihm und holte ein paar Handvoll von den getrockneten Wiesenkräutern. Anton nickte ihr zu und machte einfach weiter.

Ein paar Augenblicke später stand Lisa im Gehege und während sie den Hals des Ponyhengstes kraulte, fraß ihr das Tier eine Möhre aus der Hand.

So konnte ein schöner Tag beginnen und die Sonne begann ihre ganze Kraft zu entwickeln. In die erwachende Sonne blinzelnd, wartete Lisa darauf, was dieser Tag noch so bringen würde. Es war alles schon ein bisschen seltsam. Was sollte sie aber tun? Bleiben oder gehen?

26. Kapitel

Gedankenspiele

Die glücklichen Momente mit Anton am Abend zuvor waren lang genug gewesen und damit hatte Aurelia ihre Flügel sehen können. Ein paar Augenblicke waren sie wahrzunehmen und nach ihrer Meinung sogar länger, als bei Lilith. Vielleicht auch deshalb, weil sie zusätzlich glücklich darüber gewesen war, dass sie ihre Engelsschwingen sehen konnte. Die Nacht danach war entsprechend erholsam gewesen. Ein neuer Tag hatte begonnen und nach dem obligatorischen Schuss auf Alois war sie nun auf den Wiesen unterwegs, um sich noch weiter zu erholen. Dabei fehlte ihr allerdings Sofie und auch Daria schickte höchstens mal ein Bild, auf dem sie unter Palmen saß.

Lilith hielt sich erst mal bedeckt und schien nun die Zeit mit Sofie zu genießen. Es blieb nur noch ein Tag, bis sich zeigen musste, ob ihr Plan aufging. Doris war schon vorbereitet, Alois und Lisa waren sowieso im Haus. Einzig Franz war im Moment noch ein Unsicherheitsfaktor.

Der Engel würde etwas brauchten, um den Mann vor ihren Pfeil zu locken. Etwas musste ihr dazu noch einfallen. Zwar würde ein Wort von Lisa genügen, aber sie konnte die junge Frau nicht in dieses Komplott einweihen. Was würde sie wohl sagen, wenn Aurelia vor sie hintreten und sagen würde „Ich bin ein Engel und bringe dir die Liebe!" Die Einweisung in irgendeine geschlossene Anstalt wäre ihr dann sicher. Oder etwa nicht?

Die Menschen waren da manchmal etwas seltsam und sie hatte noch nicht mal ihrer Partnerin etwas von ihrer Abstammung gesagt. Und was sollte sie da erst in ein paar Jahren der Tochter sagen? „Hallo mein Schatz. Du bist ein halber Engel!" Das klang irgendwie komisch. Dazu dann noch zu erzählen „Deine Großeltern sind ein Erzengel und eine Dämonin!" würde da wohl noch zusätzlich für Verwirrung sorgen. Noch immer wusste Aurelia nicht, was eigentlich aus Sofie würde. War sie nun mehr Engel? Oder mehr Mensch?

Würde die Tochter die fast unendliche Lebenszeit eines Engels haben? Oder nur die kurze eines Menschen? Kaum geboren und schon wieder dem Tod geweiht? Auch darüber hatte Lilith einst gesprochen. Noch gut konnte sich Aurelia an die Tränen der Dämonin erinnern. Nur ein paar Jahre des Glücks und danach Jahrtausende der Trauer!

Wäre es dann nicht besser, sich seinen Partner unter seinesgleichen zu suchen? Lauter schwierige Fragen und keine Antwort. Barfuß lief sie über eine Wiese mit vielen bunten Blumen. Alles war gut, wenn man nicht zu viel nachdachte, doch bei jedem Schritt meldete sich der Kopf. Eine Frage, ein Gedanke, führte zum nächsten. Eine endlose Kette von Gedanken, die im nirgendwo endeten. Fast wünschte sie sich Michaels Schwert hierher, damit diese Gedankenkette endlich durchtrennt wurde.

Waren es vielleicht solche Gedanken, die verhinderten, dass man das Glück fand? Sicherlich. Die Worte Gabriels hatten auch in diese Richtung gewiesen.

Aurelia stoppte ihren Weg und ließ sich auf die Wiese fallen. Mit dem Blick zu den Wolken am stahlblauen Himmel versuchte sie das Chaos ihrer Gedanken zum Schweigen zu bringen. Mit ausgebreiteten Armen beobachtete sie einen Adler, der über ihr mit weit gespannten Schwingen durch die Luft glitt. Taugten auch ihre Flügel zum Fliegen? Vielleicht. Schon wieder eine Frage! Mit dem Blick auf den Vogel leerte sie langsam ihren Geist. Immer eine Frage nach der anderen! Zuerst musste sie sich etwas für Franz überlegen. Hatte er sie nicht nach der Party in die Herberge gebracht? Hatte sie sich schon dafür erkenntlich gezeigt? Noch nicht! Das war doch aber mal ein Ansatz!

Sie setzte sich auf und blickte auf das Dorf hinab. Der Gedanke an Franz sprang weiter und landete bei Anton. Es war schon seltsam. So lange war sie ohne Sex ausgekommen und nun musste sie fast ständig daran denken. Nur alleine der Gedanke daran ließ ihren Unterleib kribbeln! Befeuchtete ihren Schoß!

Halt! Zuerst der Franz! Sie ermahnte sich selbst zur Ordnung und stand auf. Langsam ging sie zum Dorf zurück und versuchte ihre Gedanken bei Franz zu lassen, obwohl sie bei jedem zweiten Schritt zu Anton fliegen wollten. Das war doch nicht normal!

Die nun schon vertrauten Häuser kamen immer näher. Wo würde sie Franz finden? Irgendwo! Sie hatte bisher nicht daran gedacht, sich zu informieren. Wer konnte es wissen? Anton sicherlich, aber wenn sie vor ihm stehen würde, dann würde sie ihm sicherlich eine andere Frage stellen.

Auch Lisa konnte es wissen und in ihrem jetzigen Zustand war es wohl für Aurelia besser, die junge Frau zu fragen. Aurelia wendete sich zu dem Gehöft von Alois und lief darauf zu. Auf dessen Wiese war Anton wieder mit der Sense beschäftigt, aber so sehr es sie auch zu ihm zog, sie blieb auf dem Weg und betrat das Haus. Nun musste sie mit Lisa reden, ohne dass es Alois mitbekam.

In der Küche fand sie die junge Frau, die gerade über eine Pfanne gebeugt am Herd stand und Würstchen briet. „Hallo Lisa", sagte der Engel und die Frau blickte gehetzt hoch. Sie nickte nur und fast wollte Aurelia schon wieder gehen, damit sie nicht weiter störte, doch dann fragte sie nach Franz. Die Augen von Lisa nahmen einen seligen Ausdruck an, als sie die Arbeitsstelle von Franz nannte. Dieser Blick war schon mal ein gutes Zeichen gewesen. Schnell verabschiedete sich Aurelia und machte sich auf den Weg.

Die Schreinerei, in der Franz arbeitete, war ein Stück entfernt und sie lief über die Wiese, da sie ihre Schuhe im Zimmer gelassen hatte. Erst unmittelbar vor dem Haus betrat sie den Platz. Der Lärm der Maschinen ließ keinen Gedanken mehr zu. Aurelia hielt sich die Ohren zu und trat in das offene Tor. Ein paar Männer stellten irgendwelche Holzteile fertig und in der Ecke sah sie Franz an einer Hobelmaschine, aber sein Blick war nicht bei der Arbeit. Wenn er so weiter machen würde, so würde die Maschine noch dafür sorgen, dass er nicht am gebrochenen Herzen sterben würde. Aurelia schritt mit zugehaltenen Ohren in den Krach hinein, aber die bewundernden Pfiffe der Männer konnte sie trotzdem hören.

Vor Franz blieb sie stehen. Er stellte die Maschine ab und sie musste ihm in sein Ohr brüllen. „Ich habe mich noch gar nicht für deine Hilfe bedankt. Kommst du morgen Mittag in die Herberge? Ich backe einen Kuchen zum Dank!" Der Mann nickte heftig, doch sie sah, dass nicht die Aussicht auf den Kuchen ihn antrieb, sondern der Gedanke, nahe bei Lisa zu sein.

Der Lärm drängte sie wieder aus der Halle hinaus auf die Wiese. Eine Aufgabe gelöst! Nun kam der nächste Gedanke. Anton! Und obwohl sie wusste, dass es falsch war, rannte sie zur Herberge zurück.

27. Kapitel

Die Chance einer Möglichkeit

&r sah der Frau hinterher. Das war die Chance, um Lisa wiederzusehen! Franz wendete sich wieder seiner Maschine zu, aber die Gedanken schlugen gerade Purzelbaum. „Ich brauche mal eine kurze Pause!", brüllte er zu seinem Meister hinüber und der alte Mann nickte ihm zu. Nur einen Augenblick später saß er vor der Halle auf der Bank, auf welcher die Raucher sonst immer ihre Pausen machten. Von dort aus sah er der Frau hinterher, die sich neben der Straße von ihm fortbewegte. Sie würde in ein paar Minuten wieder in der Herberge sein. Bei Lisa! Und seine Gedanken flogen ihr nach, überholten Aurelia.

Der Meister kam aus der Halle, setzte sich zu ihm und fragte „Geht es dir gut?" „Nicht wirklich", entgegnete Franz gequält. Der ältere Mann nahm zwei Flaschen Bier und öffnete sie, dann gab er eine davon Franz. Sie stießen an und tranken schweigend. Was sollte er auch sagen? Und der Meister sagte ebenfalls nichts. Als das Bier dann zu Ende war, legte der alte Mann einfach fest „Nimm dir den Rest des Tages frei!" Dann erhob er sich und ging hinein.

Franz sah ihm nach. Sicherlich hatte er bemerkt, wie schlecht es Franz wirklich ging und
einen Grund dafür wollte er eben nicht wissen.
Und es ging ihm wirklich nicht gut. Die brennen-
de Sehnsucht nach Lisa hatte ihn so sehr im Griff,
dass er nun vor Verlangen fieberte. Er konnte es
spüren und jeder Arzt würde dies messen können.

Blieb eben nur die Frage, wie er das in Ordnung bringen konnte und die einzige Antwort
darauf war, dass nur Lisa dies gelingen konnte.
Nicht ihm und auch niemanden anderes. Irgendwann hatte er mal von einem Brocken-Heart-
Syndrom gelesene und das hatte ziemlich zu dem
gepasst, was er im Moment fühlte. Schwindel,
Atemnot, Herzrasen und dieses unstillbare Sehn-
suchtsgefühl in seiner Brust.

Er raffte sich auf und schlurfte von der Bank
nach Hause. Dort ließ er sich in sein Bett fallen.
Doch Heilung würde er so nicht finden können.
Wieder wägte er ab, welcher Tod wohl der leich-
tere war. Wenn sein Herz brach oder wenn Alois
ihn von der Leiter schoss.

Mit diesem Hin und Her des Überlegens
verging der Tag und als die Dämmerung einsetz-
te, da war er sich sicher, dass er nicht mehr bis

zum nächsten Tag warten konnte. Er musste handeln! Jetzt! Sofort! Unverzüglich! Franz zog sich die dunklen Joggingsachen an, die er eigentlich noch nie getragen hatte und machte sich auf den wohlbekannten Weg.

Je näher er dem Haus der Geliebten kam, desto schneller schlug sein Herz. Unterwegs holte er noch den Bolzenschneider von seiner Arbeitsstelle, denn er hatte ja gesehen, dass Alois die Leiter mit drei Fahrradschlössern an der Schuppenwand fixiert hatte.

Noch war es nicht dunkel genug und immer noch brannte das Licht in den Zimmern von Lisa und Alois. Das konnte er aus seinem Versteck deutlich erkennen. Sehnsüchtig beobachtete er diese beiden Leuchtpunkte. Welcher würde zuerst verlöschen? Links bei Lisa? Oder rechts bei Alois?

Und es war das Licht in Lisas Zimmer, welches zuerst erlosch. Nun wartete er darauf, dass sich auch Alois endlich zur Ruhe begeben würde.

Es dauerte ewig und er fragte sich, was der Mann da oben wohl gerade machte. Hatte er nur vergessen, das Licht zu löschen? Oder sah er sich noch einen Film im Fernsehen an? Zumindest konnte es Franz nicht riskieren, nach oben zu steigen, wenn der alte Mann noch wach war.

Mitternacht war vorbei, als auch dieses Licht endlich verlosch. Auf leisen Sohlen schlich er zum Schuppen. Das Geräusch des Bolzenschneiders klang unnatürlich laut durch die stille Nacht. Dreimal! Anschließend schlich er mit der Leiter über den Hof, lehnte sie an das Fensterbrett von Lisas Fenster und lauschte zuerst, ob er bemerkt worden war. Aber der schnelle Herzschlag ließ das Blut nur so durch seine Ohren dröhnen und so war es unmöglich, etwas anders zu hören, als dieses Geräusch.

Unglaublich lange zehn Minuten sah er an der Leiter nach oben, bevor er den Fuß auf die unterste Sprosse setzte. Aufwärts ging es und das immer noch so leise, dass keiner ein Geräusch hören würde. Je näher er dem Fenster kam, desto schneller schlug sein Herz, auch wenn das kaum noch möglich war.

Lisas Fenster war nur angelehnt und schwang nach innen auf, als er vorsichtig dagegen drückte. Nur noch ein Moment, dann war er im Zimmer.

Es gab kein Geräusch, als die Gummisohlen seiner Turnschuhe den Boden berührten. „Lisa?", flüsterte er und wartete auf eine Antwort. Stille. Schlief sie etwa schon? Franz wusste ja, wo sich das Bett befand und so schob er sich im Dunklen dort hin. Aber er übersah einen Hocker, der mitten in seinem Weg stand.

Franz verkniff sich den Schmerzenslaut, als er den Boden berührte. Doch nichts passierte. Wenn Lisa hier in diesem Raum gewesen wäre, dann müsste sie das aber auch gehört haben. Oder schlief sie so fest? Humpelnd machte er die letzten zwei Schritte. Vorsichtig tastet er über die Bettdecke, aber das Bett war leer!

Wo konnte Lisa nur sein? Die Enttäuschung bohrte sich in sein Herz. War sie nur mal kurz aus dem Zimmer gegangen, um etwas zu trinken zu holen? Er machte das ja auch manchmal in der Nacht.

Wartend setzte er sich in das Bett und sah zur Tür. Unruhig sehnte er sich nach der Frau, die sein Herz in Flammen gesetzt hatte. Franz hatte alles auf eine Karte gesetzt und nun saß er hier, roch ihr Parfüm und doch war er nicht in ihrer Nähe.

186

Unablässig zählte der Wecker auf ihrem Nachttisch die Minuten weiter. Ruhe war im Haus, kein Schritt war zu hören. Nichts, was seine Sehnsucht erlösen konnte.

Mehr als eine Stunde nachdem er das Zimmer in so freudiger Erwartung betreten hatte, schlich er wieder zum Fenster zurück.

Wie ein geprügelter Hund kletterte er hinab, versteckte die Leiter und taumelte nach Hause. Heulend fiel er in sein Bett. Das Schicksal konnte so grausam sein! Warum war sie nicht da gewesen? Was hatte er nur falsch gemacht? Er kam nicht in den Schlaf.

28. Kapitel

Neue Wege

*D*ieser Tag verlief fast noch besser, als der vorangegangene. Lisa konnte es kaum glauben, dass sich die Laune des Vaters noch einmal verbessern konnte. Er war nun genau so, wie sie ihn als Kind immer gern gehabt hatte. Er hatte sich am Morgen rasiert und sie hätte schwören können, dass er sogar das Parfum von damals trug. Bei der Arbeit im Stall! Und sie spürte, dass sich seine gute Laune auch auf sie übertrug. Am Abend hatte sie singend in der Küche gekniet, um den Schmutz zu beseitigen. Das hatte sie noch nie gemacht. Die lästige Pflicht war durch das Singen fast wie im Fluge erledigt gewesen und der Vater hatte sie am Morgen sogar ausschlafen lassen. Als sie in der Früh nach unten gekommen war, da war der erste Kaffee schon fertig gewesen.

Und so ging der Tag dahin. Es schien ihr so, als ob diese Freude ansteckend war, denn auch die Gäste hatten mit einem Mal viel mehr Zeit zum Plaudern. Hatten die Meisten vor ein paar Tagen nur mit ein- oder zweisilbigen Worten ihre Bestellung aufgegeben, so gab es nun mitunter auch einen kurzen Schwatz. So machte das Leben

Spaß! Am Vormittag war sie dann mit einer Kindergartengruppe durch den Streichelzoo gegangen. Bisher hatte die Kindergärtnerin des Dorfes ihren Hof nur weiträumig umgangen. Heute tobten dann zehn Kinder durch das Heu und in der Scheune herum. Gemeinsam versorgten sie die Tiere und halfen Lisa damit.

„Könnten wir nicht so etwas auch für Gäste anbieten? Urlaub auf dem Bauernhof?", fragte sie danach ihren Vater, der dieser Idee nicht abgeneigt war. Bei einem Bier saßen sie auf der Terrasse und überlegten. Immer neue Ideen sprudelten aus Lisas Kopf und auch der Vater steuerte ein paar hilfreiche Gedanken bei. Im Laufe einer Stunde stand ein Konzept, welches Lisa etwas Arbeit abnahm und ihnen beiden helfen würde. Der Vater brachte sogar den Einfall eines Bierbrauseminars mit ein. Bisher hatte er es vermieden, irgendjemanden auch nur den Keller zu zeigen. Kopfschüttelnd ging Lisa zur Küche hinüber und wurde unterwegs von Aurelia gestoppt.

Mit dem Auftrag für zwei Flaschen Wasser setzte Lisa ihren Weg fort und saß kurz darauf mit einer der Flaschen neben Aurelia im Liegestuhl. Quatschen mit einer Freundin, und das war Aurelia nun schon für sie geworden, und das zur Arbeitszeit. Mitten im Gespräch sah sie, wie der

Vater ein altes Akkordeon aus dem Schuppen holte und zu ihrer Verwunderung entlockte er dem Instrument auch ein paar Töne. Es klang gar nicht mal so schlecht und dabei hatte sie ihn noch nie spielen gehört.

Lauter wundersame Vorfälle in den letzten Tagen. Auch darüber redete sie mit der Freundin und sah Aurelias verschmitztes Lächeln. „Wenn du dich änderst, so ändert sich die Welt mit dir", sagte sie, doch Lisa war sich sicher, dass nicht sie sich geändert hatte, sondern der Vater.

Der Mittag begann und unterbrach damit das Gespräch. Für die nächsten Stunden war wieder viel Arbeit und ließ ihr keine Pause, aber sie sang und tanzte in der Küche herum. Den Löffel schwingend wippte sie zu den Klängen aus dem Radio. Aber als sie dann wieder Zeit zum Reden hatte, da war die Freundin leider verschwunden.

Der Tag ging fröhlich dahin und die Arbeitszeit endete, nach dem Putzen der Küche, mit einem Glas Rotwein, welches ihr der Vater in die Hand drückte. Mit den Worten „Schlaf gut!" ließ er die Tochter zurück. Bisher war der Vater immer der Letzte gewesen, der in sein Bett ging, nachdem er sich davon überzeugt hatte, dass ihre

Tür fest verschlossen war. Und nun stand sie hier unten und überlegte, was sie noch tun konnte. Fernsehen?

Lisa trank den Wein aus, der wirklich gut schmeckte, und stieg danach zu ihrer Stube nach oben. Ruhig war es im Haus. Erst jetzt merkte Lisa, wie spät es doch schon wieder geworden war. Am Wecker in ihrem Zimmer leuchtete schon eine 23 vorn auf. Gähnend sah sie zu dem Fernseher, als ihr eine bessere Idee kam. Sofort war sie wieder hellwach.

Wenige Minuten später ging sie, im Nachthemd, barfuß und auf Zehenspitzen, eine Etage tiefer und klopfte leise an die Tür von Aurelias Zimmer. Vielleicht schlief die Freundin ja noch nicht. Es dauerte einen Moment, bis sich die Tür öffnete und Aurelia sie fragend ansah. Sie trug einen kurzen Schlafanzug und lächelte sofort, als sie Lisa erkannte.

Nur einen Augenblick später saß Lisa auf dem Bett der Freundin. „Ich habe gerade mit Daria geredet. Schau mal", sagte sie und zeigte Lisa das Bild auf dem Handy. Eine wirklich schöne Frau stand dort unter Palmen vor einem azurblauen Meer. „Schön", sagte Lisa und meinte sowohl die

Frau, als auch den Strand. Und nun? Sie war ja hierhergekommen, um sich fallen zu lassen. Wie damals bei Ruth. „Nur Mut!", dachte sie.

Trotzdem küsste sie Aurelia nur zögerlich, die allerdings den Kuss stürmisch erwiderte. „Du weißt aber schon, dass ich eine Freundin habe, die ich sehr liebe?", fragte sie schließlich und Lisa wollte schon wieder aufstehen, um zu gehen, doch Aurelia legte ihre Hand auf Lisas Knie und hielt sie fest. Nun küsste Aurelia sie. Was hatte sie wohl mit dieser Bemerkung gewollt? Vielleicht, dass sie sich nicht in sie verlieben sollte.

Aurelias Hände befreiten sie zärtlich streichelnd von dem Nachthemd und sie drückte sich verlangend den Händen der Freundin entgegen. Nur einen Wimpernschlag später waren sie beide nackt und nach einem langen und intensiven Kuss gingen sie zu zweit unter die Dusche. Das warme Wasser lief über ihre beiden Körper. Gegenseitig seiften sie sich ein, was aber eher einem erneuten zärtlichen Streicheln glich.

Anschließend landeten sie wieder im Bett. Sich gegenseitig liebkosend dehnte sich die Zeit ins Unendliche. Das Verlangen nach der Freundin wurde immer größer und gleichzeitig blieb Aurelias Warnung in ihrem Kopf. Nur nicht verlieben! In der Dunkelheit der Nacht drückten sie sich eng aneinander. Es machte sie schier wahnsinnig, bis Aurelias Finger endlich diese empfindlichste Stelle ihres Körpers berührten. Schon das Streicheln, die liebevollen Berührungen und die in ihr tobende Sehnsucht hatten Lisas Leidenschaft geweckt.

Sie schaltete den Zweifel in ihrem Kopf ab und ließ sich fallen. Von selbst tasteten sich ihre Finger in Aurelias feuchte Vulva. Immer schneller wurden die Bewegungen von Aurelia in ihrem Schoß. Vor Lust bäumte sie sich Lisa auf und nun trieben sie sich gegenseitig voran. Es gab kein Halten mehr und sie spürte, wie sie sich um Aurelias Finger herum zusammenzog. Ihr gemeinsamer Orgasmus raffte sie dahin.

Ermattet und glücklich lagen sie beieinander. Ein neuer Kuss folgte. Fast hätte sie gesagt „Ich liebe dich", aber die Freundin war ja schon verliebt und so schwieg Lisa. Aneinander gekuschelt ruhten sie im Bett und schliefen schließlich gemeinsam ein.

29. Kapitel

Vorbereitung ist alles!

Alles war vorbereitet. Doris und Franz würden sich am Vormittag in der Herberge einfinden und sich dort an Aurelias Tisch setzen. Alois und Lisa waren ja sowieso schon da und damit waren die vier betreffenden „Zielpersonen" alle an einem Platz versammelt. Aurelia hätte sich die Hände reiben können, wie gut bisher alles geklappt hatte. Noch lag Lisa schlafend in ihrem Bett, an sie gekuschelt, und draußen war der erste helle Streifen am Horizont zu sehen. Nicht mehr lange, und der entscheidende Tag begann.

Liebevoll betrachtet Aurelia die junge Frau in ihrem Bett. Sie schien im Schlaf zu lächeln und der Haarknoten, den sich Lisa nach dem Duschen geschlungen hatte, der hatte sich in der Nacht gelöst. Ihr Haar lag wie ausgegossen auf dem Kissen. Aurelias Zopf war noch fest gebunden und mit der Spitze davon streichelte sie Lisas Nase, bis diese erwachte. „Guten Morgen", flüsterte Aurelia und gab der Freundin einen Kuss.

Lisa blinzelte zum Fenster. „So früh noch", sagte sie gähnend. „Du musst leider gehen. Nicht, dass dich dein Vater noch so sieht!" „Gott bewahre!", sagte Lisa und ein Lächeln zog über ihr Gesicht. „Zwei nackte Frauen in einem Bett! Selbst in seiner derzeitigen guten Laune würde er das wohl kaum verstehen. Ein schwuler Knecht und eine lesbische Tochter", ergänzte sie.

„Eine Frau muss nicht lesbisch sein, wenn sie mit einer anderen im Bett ist und ein bisschen Spaß hat", entgegnete Aurelia. „Trotzdem würde er die Herberge sofort umbenennen. In Sodom und Gomorrha!", erklärte Lisa und lachte leise. Aurelia musste Lisa küssen und die strich ihr Haar zurück. „Wollen wir noch zusammen duschen?", fragte sie, aber Lisa lehnte kopfschüttelnd ab.

Sie setzte sich im Bett auf, zog sich an, gab Aurelia einen Abschiedskuss und schlich aus dem Zimmer. Träumend von den Genüssen der letzten Nacht legte sich Aurelia in ihrem Bett zurück.

Vor dem Fenster erwachte der Tag und ein kleiner, gefiederter Sänger setzte sich auf ihr Fensterbrett. Es war nicht der laute Vogel, der sie am ersten Tag begrüßt hatte, sondern ein viel lei-

195

serer Sänger, der sie mit einem kleinen Lied auf diesen neuen Tag vorbereitete.

Mit geschlossenen Augen lauschte sie eine Weile der lieblichen Melodie. „Auf! Auf! Aurelia!", sagte sie sich, als ihr einfiel, wie viel noch zu tun war, denn schließlich hatte sie Doris einen selbstgebackenen Kuchen versprochen. Sicher würde Lisa sie die Küche benutzen lassen.

Unter dem warmen Wasserstrahlen der Dusche spülte sie die Spuren dieser heißen Nacht von ihrem Körper. Keine halbe Stunde später saß sie beim Frühstück unten und Lisa setzte sich zu ihr. Schnell war auch die Mitbenutzung der Küche und des Backofens geklärt und somit stand Aurelia dann auch nach dem Frühstück bei Lisa in der Küche. Sie beide hatten gute Laune und sangen bei der Arbeit zu einem Lied aus dem Radio lautstark mit.

Als der Kuchen zum Auskühlen auf dem Fensterbrett stand, da traf zuerst Doris ein und nur ein paar Minuten später erschien auch Franz. Gemeinsam ließen sie sich den Kuchen schmecken. Nun galt es, Doris und Alois von allen anderen wegzulocken und an einem separaten Platz gemeinsam mit dem Pfeil für immer zu vereinigen. Anschließend dann dasselbe mit Lisa und Franz.

So weit, so gut!

„Hast du denn eigentlich schon die Kühe von Alois gesehen? Die sind wirklich wunderschön!", begann Aurelia den ersten Teil ihres Planes in die Tat umzusetzen. Wie erwartet verneinte Doris und auf ein Handzeichen von Aurelia kam Alois zum Tisch. Wie nicht anders zu erwarten, war er sehr stolz auf seine prächtigen Tiere und ließ es sich nicht nehmen, Doris in den Stall zu führen.

Nachdem die beiden verschwunden waren, entschuldigte sie sich kurz bei Franz, eilte zum Gebüsch und nahm den Bogen mit den Pfeilen aus dem Versteck.

Doch nun zeigte sich der erste Schwachpunkt ihres Planes: von ihrer Position aus stand Alois mit dem Gesicht zu ihr! So konnte sie nicht schießen! Aurelia schob sich so weit zur Seite, dass sie schießen konnte, ohne dabei von Alois gesehen zu werden.

Das Geschoss war unterwegs, als Alois plötzlich eine Schaufel in der Hand hatte, die sie zuvor nicht gesehen hatte. Der Pfeil, der ihn eigentlich treffen sollte, prallte gegen die Schaufel und flog als Querschläger zum Streichelzoo hinüber, wo er den Hengst traf.

Aurelia hätte sich selbst ohrfeigen können. Der Hengst begann ziemlich lautstark die Stute glücklich zu machen, was zu einem Gekreische der Eltern führte, die ihre Kinder von dem Treiben der Ponys ablenken wollten. Anton lief zu den beiden Pferden, aber mehr als die Zügel zu halten, konnte er dabei nicht.

Die Kinder fragten die Eltern, was die beiden Ponys da so taten und darauf wäre die eigentlich einzig richtige Antwort „Ein neues Pony" gewesen, aber Anton begann etwas von „Bienen und Blumen" zu erzählen, was allerdings nur für noch mehr Geschrei der Eltern sorgte.

Doris trat aus dem Stall, um zu sehen, was da gerade los war und damit gab sie Aurelia den Weg frei. Der nächste Pfeil traf sein Ziel und als Doris in den Stall zu Alois zurückging, da traf auch sie ein Pfeil. Die Frau flog durch die Wucht des Schusses in die Arme des Bauern, wo ein dritter Pfeil die beiden Herzen für immer in Liebe vereinigte.

Im Fallen schloss Alois mit dem Fuß die Stalltür.

Erstes Ziel erledigt und nun wurde es Zeit für die beiden nächsten Kandidaten. Franz saß noch am Tisch, aber wo war Lisa? Bei dem Lärm im Streichzoo war es doch eher unwahrscheinlich, dass die Frau einfach so in der Küche blieb.

Aurelia versteckte den Bogen und die letzten beiden Pfeile, dann rannte sie zum Haus. Wie lange würden Doris und Alois im Stall brauchen? Dreißig Minuten vielleicht. „Lisa?", rief Aurelia in die Küche, aber diese war leer. Wohin war die Frau gegangen? Mit dem Ruf „Lisa?" eilte Aurelia durch die Räume der Herberge, aber nirgendwo erhielt sie eine Antwort.

Als sie wieder nach draußen lief, kamen Doris und Alois gerade aus dem Stall zurück. „Verdammt", entfuhr es dem Engel. Alles aus. Und nur noch zwei Pfeile im Köcher.

Wenig später saß Doris mit leuchtenden Augen am Tisch, aber Aurelia war nicht ganz so glücklich. Anton und Alois konnten endlich die beiden Ponys voneinander trennen. Alles beruhigte sich wieder, aber der Plan war gründlich misslungen. Ein neuer Plan musste her!

30. Kapitel

Herzstolpern

Doris war ihm praktisch in die Arme gestolpert und sein Herz hatte für einen Augenblick ausgesetzt. Als er schon nach Luft schnappen wollte, da war es wieder losgerast. Noch nie hatte es in dieser Geschwindigkeit geschlagen, wie jetzt mit der Frau in seinem Arm. In ihren Augen konnte er sehen, dass es ihr gerade genauso ging und auch sie sich gerade fragte, was hier mit ihnen passierte. Wie vom Blitz getroffen standen sie im Stall, dann verschloss er ihren, schon zur Frage geöffneten, Mund mit einem Kuss.

Mit diesem Kuss setzte jegliches Denken aus und wenige Augenblicke später lagen sie beide nackt im Stall. Doris war unter ihm und atmete genauso schwer, wie er selbst. Was konnte das nur gewesen sein? „Frag nicht. Küss mich!", hauchte sie und Alois strich ihr über die Wange. Ein neuer Kuss folgte und nun waren ihre beiden Gemüter so weit abgekühlt, dass sie das folgende Liebesspiel bewusst genießen konnten.

Zehn Jahre hatte er keine Frau mehr gehabt, aber das verlernte man wohl kaum. Nun erbebte Doris regelrecht unter seinen Stößen. Keuchend vor Lust kam sie ihm entgegen und es dauerte nicht lange, dann überlief ein Zittern die Frau. Sie stöhnte „Oh mein Gott" und biss ihm in die Schulter. Dieses Gefühl, des Orgasmus der Frau, war so intensiv, dass auch Alois aufstöhnte und sich einen Stoß später tief in dem Schoß von Doris verströmte.

Zitternd, stöhnend und Schub um Schub übergab er ihr seine Leidenschaft in flüssiger Form. Eine paar Minuten blieben sie noch so, ineinander verschränkt, liegen. Zum Glück hatte er wohl im Reflex des Fallens die Tür des Stalles geschlossen, wie er erst jetzt feststellte.

Eine ganze Weile später setzte er sich schnaufend auf und reichte Doris ihre Sachen, die ziemlich gleich verteilt im gesamten Stall herumlagen.

Nachdem sie sich beide wieder angezogen hatten, zog er noch ein paar Strohhalme aus den Haaren der Frau und kontrollierte, dass die Kleidung korrekt saß, denn direkt vor der Tür war ja der Streichelzoo mit den Kindern.

Als er die Tür aufschob, hörte er das Geschrei der Menschen und Doris zeigte zur Seite. „Das hatte ich dir sagen wollen!", erklärte sie und er folgte mit seinem Blick ihrem Fingerzeig. Die Frau schmunzelte und auch er musste lachen. „Die haben auch gerade Spaß!", antwortete er ihr, führte sie zum Tisch zurück und eilte danach zu Anton, der die beiden Ponys hielt. Eigentlich hielt er ja nur die Stute und diese hielt den Hengst.

Alois sah die herumlaufenden Kinder und die kreischenden Eltern. „Endlich passiert hier mal was!", sagte Anton leise und er konnte ihm nur nickend beipflichten. Einen Augenblick später stand der Hengst wieder auf allen vier Hufen und sein Gesichtsausdruck brachte Alois erneut zum Lachen.

Schmunzelnd ging Alois zurück zum Tisch. Dort beugte er sich zu Doris hinab und küsste sie vor allen anderen Menschen. Wozu sollte er sich schämen? Da gab es doch gar keinen Grund dafür. Hier waren einfach nur zwei Menschen, die sich mochten, die sich liebten. Schließlich rief wieder die Arbeit, aber auch beim Bedienen der Gäste hatte er immer ein Auge bei der Frau.

Irgendwann erhob sie sich von ihrem Platz und sofort war er bei ihr. „Musst du wirklich schon gehen?“, fragte er und Doris nickte. Gemeinsam gingen sie zur Tür. Absichtlich durch das Haus und nicht durch den Garten, wie alle anderen Gäste. Vor der Tür küssten sie sich erneut lange. „Sehen wir uns heute Abend? Ich habe noch eine gute Flasche Wein in meinem Zimmer. Damit könnten wir es uns gemütlich machen?“, fragte er sie, als er sich aus dem Kuss gelöste hatte. „Ich komme gern!“, hauchte sie, durchaus doppeldeutig, und lief die Einfahrt hinunter.

Er blickte ihr nach, bis er sie nicht mehr sehen konnte und auch noch ein paar Minuten danach. Sein Herz krampfte sich dabei zusammen. Aber die Aussicht auf einen schönen Abend mit Doris ließ es wieder schnell schlagen. Er würde diese Frau nie wieder loslassen und hoffentlich auch nicht wieder denselben Fehler machen, wie bei seiner Frau.

31. Kapitel

Doch keine Verräterin?!

Konnte ein Tag schöner beginnen? Lisa hatte gut geschlafen. Der erlebte Höhepunkt in der Nacht hatte sich wie ein seidiges Tuch auf ihre Glieder gelegt und für eine erholsame Ruhe gesorgt. Nackt und aneinander gekuschelt hatten sie diese Nacht unter der Decke verbracht. Fast so, wie mit Ruth zu ihrer Lehrzeit. Bloß, dass sie da nie nackt gewesen waren. Und solch einen ekstatischen Orgasmus hatte sie bei Ruth auch nie erlebt.

Auf Zehenspitzen war sie zurück in ihr Zimmer geschlichen und zum Glück in ihrem eigenen Bett gewesen, als der Vater sie wecken kam. Einen Augenblick später und er hätte sie auf dem Flur erwischt. Und das auch noch ohne ihren Slip, wie sie jetzt erst feststellte. Den würde sie dann beim Putzen heimlich aus Aurelias Zimmer holen müssen.

Neuer Tag, neues Glück. Gemeinsames backen in der Küche. Aurelia schien auch eine begabte Bäckerin zu sein, denn der Kuchen gelang auf Anhieb. Beide kosteten sie davon ein kleines

Stück und irgendwie fühlte sich Lisa zu der anderen Frau hingezogen, doch Aurelia war ja glücklich vergeben. Die Warnung in der Nacht war angekommen. Trotzdem war es irgendwie schwer. Zu nahe waren sie sich gewesen und das ja auch schon zwei Mal! Es war wie mit Ruth gewesen, nur viel schöner. Explosiver!

Schließlich kamen die Gäste und Lisas Platz war die Küche für die nächste Zeit. Bratwürste, Grillhühner und Schweinshaxen wollten zubereitet werden. Durch das Fenster der Küche beobachtete sie, wie Doris und Franz bei Aurelia am Tisch saßen und sich den Kuchen schmecken ließen.

Zu gern wäre sie jetzt auch dort gewesen, denn sie liebte Franz eigentlich schon ihr ganzes Leben. Bis vor ein paar Tagen hatte dies der Mann nur nie gemerkt. Ihre sehnsüchtigen Blicke waren ihr noch gut in Erinnerung. Im Kindergarten, in der Schule oder wenn er hier zum Biertrinken gewesen war. Nun war er so nah und doch noch durch die Scheibe von ihr getrennt. Der Vater stand direkt hinter ihm!

Zwar war die Flinte oben, aber Lisa wollte kein Risiko eingehen. Seufzend drehte sie sich um und sah ihre Mutter im Raum stehen. Unbeweglich mitten in der Küche! War das nur eine Einbildung? Schnell kniff sie die Augen zu, zählte bis drei und öffnete die Lider wieder.

Sie stand noch da! „Mutter?", sagte sie. Das war Frage und Antwort zugleich. „Ich konnte dich nicht erreichen!", sagte die Frau und kam auf Lisa zu. Dann umarmte sie die Tochter und Lisa war wie erstarrt. Das letzte Telefonat und das kaputte Telefon fielen ihr wieder ein. „Können wir reden?", fragte sie und die Mutter nickte. „Aber nicht hier! Bei ihm!", sagte die Mutter und zeigte nach draußen.

Zu zweit gingen sie vor das Haus und folgten der Auffahrt zum Dorf hinab. Erst nach einer ganzen Weile begann die Frau „Es tut mir leid, dass ich dich eine Verräterin genannt hatte. Ich war ungerecht dir gegenüber. Du wolltest ja nur bei deinem Vater sein und ich habe es nicht verstanden!" Lisa hörte schweigend zu. Endlich sagte sie „Ich habe auch viel falsch gemacht!" „Können wir nicht einfach noch mal von vorn beginnen?", fragte die Mutter und Lisa umarmte sie einfach.

Erzählend gingen sie wieder zurück zur Herberge, wo die Mutter den Wagen geparkt hatte. „Besuch mich und Peter doch mal. Er hat oft nach seiner großen Schwester gefragt!" „Das mache ich gern!", entgegnete Lisa und sah dann dem abfahrenden Auto mit Tränen in den Augen noch eine ganze Weile nach.

Als sie die Küche wieder betrat, saßen alle noch vor ihrem Fenster, aber von Doris ging so ein sonderbares Lächeln aus. So ähnlich hatte Aurelia am Morgen ausgesehen. Was war da los? Der Vater beugte sich zu ihr herab und küsste Doris. Einfach so! Vor allen Leuten!

Lisa ging zur Tür und hörte, wie der Vater auf der anderen Seite sagte „Na dann bis heute Abend!" Dann sah sie, wie er Doris zur Vordertür geleitete und mit einem ziemlich leidenschaftlichen Kuss verabschiedete. Wenn es das bedeutete, was Lisa dachte, dann würde der Vater in der Nacht wohl ziemlich beschäftigt sein.

Und das hieß: sturmfrei für Franz!

Sie eilte zurück zum Fenster und winkte Franz mehr als auffällig zu. Es sah so aus, als ob er ihr zunickte, bevor er sich von seinem Platz auf der Bank erhob, zahlte und ging.

Aurelia brachte den Rest vom Kuchen herein. „Wo warst du denn?", fragte die Freundin und Lisa erzählte vom Besuch der Mutter.

Nun konnte sie es nicht mehr erwarten, dass die Sonne endlich unterging. Doch wie immer, wenn man sehnsüchtig auf etwas wartete, verging die Zeit quälend langsam. Irgendwann war dann endlich die Küche geputzt, Doris war in einem wunderschönen Kleid erschienen und an Vaters Hand die Treppe hinauf gestiegen. Langsam folgte Lisa ihnen nach oben. Dabei beschäftigte sie bei jeder Stufe die Frage: Würde Franz zu ihr kommen?

Als sie ihr Zimmer betrat, da kündeten die Geräusche aus dem Nebenzimmer und das rhythmische Klopfen an der Wand davon, das Doris gerade sehr glücklich war, oder zumindest auf dem Weg dahin war, es zu werden. Und der Vater gleich mit ihr mit! Dabei hatten die beiden doch keine zehn Minuten Vorsprung auf der Treppe gehabt.

Und nun? Sollte sie auf Franz warten? Oder wieder zu Aurelia hinuntergehen? Unentschlossen stand sie mitten im Zimmer. Links die Tür, rechts das Fenster.

Zuerst ging Lisa unter die Dusche und das warme Wasser machte so schön schläfrig. Gleichzeitig erinnerte es Lisa aber auch an den Beginn des vergangenen Abends und das Glücksgefühl, welches sie danach in den Armen von Aurelia erlebt hatte. An das zärtliche Streicheln der Freundin und sie bekam eine Gänsehaut bei dem Gedanken daran. Lisa wollte sich fallen lassen und das Glück spüren. Diese unbändige Lust aus sich heraus lassen.

Bleiben oder gehen?

Das Klopfen an der Wand war nur noch stärker geworden und sie sehnte sich nach einer Berührung, nach jemanden, der sie in den Arm nahm und festhielt. Der sie liebte! In Gedanken versunken streifte sie sich das Nachthemd über, zog ein Gummiband in ihr Haar und setzte sich überlegend in ihr Bett. Bei den Geräuschen würde sie sicher nicht so schnell in den Schlaf kommen.

Sie löschte das Licht, ließ sich in das Bett zurückfallen und träumte sich nach unten zu Aurelia. Das war so schön gewesen. Gleichzeitig dachte sie aber auch an Franz. Hatte er ihr Handzeichen verstanden? Hatte er es überhaupt gesehen?

Zweifel stiegen in ihr hoch.

Aurelia oder Franz? Franz oder Aurelia? Aurelia wäre auf alle Fälle da! Sie erhob sich und wendete sich zur Tür. Leise brauchte sie ja diesmal nicht zu sein. Das Verlangen tief in ihrem Schoß wollte nun gestillt werden!

32. Kapitel

Notfallplan B

Grübelnd sah Aurelia auf das Display des Handys und versuchte einen Notfallplan zu erschaffen. Doris sah zu ihr herüber und konnte das Bild von Sofie sehen, welches Aurelia sich gerade ansah. „Deine Tochter?", fragte sie und Aurelia nickte. Auch wenn ihr gerade nicht nach einem Gespräch war, so konnte dieses hier sie vielleicht etwas ablenken. „Ja. Ich bin eine Rabenmutter! Meine Mutter passt auf sie auf und ich erhole mich hier", entgegnete sie und zeigte noch ein paar Bilder. „Sie zahnt gerade!", setzte sie erklärend hinzu. „Ich kann dich gut verstehen", antwortete Doris. „Als meine kleine Nichte ihre Zähne bekommen hat, da war meine Schwester auch völlig fertig mit den Nerven. Da habe ich Julia auch zu mir genommen und meine Schwester hatte eine Woche frei", setzte sie noch hinzu.

Aurelia redete nun mit Doris über Kinder, behielt aber den Mann immer im Auge. Franz saß unbeteiligt ihr gegenüber und sah in sein Bier. Offensichtlich fragte er sich gerade, was er noch hier sollte. Eine Idee zuckte durch den Kopf des Engels. Daher steckte Aurelia schnell das Handy ein und fragte Doris „Und wie war es?", dabei zeigte sie mit dem Kopf zum Stall.

Die ältere Frau wurde rot bis zu den Ohren, wie ein Schulmädchen, das man bei irgendetwas Verbotenen erwischt hatte. „So schön?", raunte Aurelia ihr zu und Doris nickte. Franz wurde auf seinem Platz immer hibbeliger. Alois kam zum Tisch und küsste Doris. Dann verabschiedete sich die Frau von Aurelia und ging mit Alois in das Haus.

„Ich glaube, die beiden haben heute noch eine stürmische Nacht vor sich!", sagte sie leise, als sie den beiden hinterher blickte. Aber sie hatte es absichtlich so laut gesagt, dass Franz es hören musste. Wenn er kein absoluter Dummkopf war, dann würde er die richtigen Schlüsse aus ihrer Bemerkung und seinen Beobachtungen ziehen. Und das würde ihn da vor ihren Pfeil bringen.

Womit Aurelia wieder bei ihrem Problem war. Durch den Fehlschuss, der sowohl dem Hengst, als auch der Stute offensichtlich sehr gefallen hatte, waren nun nur noch zwei Pfeile übrig! Zu wenig, für eine dauerhafte Verbindung von zwei Herzen! Da brauchte es derer drei, wie bei Alois und Doris.

Grübelnd sah sie den Mann an, als es ihr einfiel und sie sich mit der flachen Hand vor die Stirn schlug. „Ich bin ein Idiot!", entfuhr es ihr. Franz sah sie fragend an, aber sie winkte nur ab. Er erhob sich, verabschiedete sich und ging. Einen Moment sah sie ihm noch hinterher.

Mit dem Blick auf ihr Versteck wusste sie nun, dass sie nur noch zwei Pfeile brauchte! Franz war ja schon durch Max getroffen worden. Deshalb machte sie das Ganze ja hier. Und natürlich für Lisa!

Mit dem restlichen Kuchen ging sie zur Küche, wo Lisa am Fenster stand. Nun musste sie nur noch darauf warten, dass Franz mit der Leiter zu Lisas Fenster hinauf stieg, er sie vor ihrem Bogen in den Arm nahm und sie mit den letzten beiden Pfeilen die Sache endgültig besiegelte. Alles andere lag dann in der Hand der vier Menschen.

In der Abenddämmerung schlich sich Aurelia nach draußen und mit dem Bogen und den Pfeilen, die sie aus dem Versteck geholt hatte, wieder zurück in ihr Zimmer. Zwar konnte Lisa, wie alle Menschen, die Pfeile nicht sehen, aber den Bogen schon. Daher versteckte der Engel beides unter dem Bett und verschloss zur Vorsicht die Tür des Zimmers. Schließlich konnte es ja durchaus sein, dass Lisa zu ihr herunterkam, um den Abend wie den Tag zuvor ausklingen zu lassen. Da würde sie nun allerdings vor der verschlossenen Tür stehen und hoffentlich danach wieder zu sich nach oben gehen.

Da sich Lisas Zimmer direkt über dem ihren befand, musste Franz, falls er sich trauen würde, mit der Leiter an ihrem Fenster vorbei. In der nun beginnenden Dunkelheit setzte sich Aurelia mit einem Hocker neben das Fenster und lauschte nach draußen.

Es hatte sicher mehr wie eine Stunde gedauert, in welcher Aurelia im Finsteren neben dem geöffneten Fenster ausgeharrt hatte.

Mit dem Kopf gegen die Wand gelehnt, hörte sie ein Geräusch von draußen. Im Mondlicht sah sie die Leiter und stand leise auf. Nun musste sie nach oben laufen, während Franz vor ihrem Fenster denselben Weg nahm.

So schnell und so leise wie nur irgend möglich eilte Aurelia eine Etage nach oben und stand mit Bogen und Pfeilen vor der Tür. Blieb nun nur zu hoffen, dass Lisa kein Licht anhatte. Da wäre es schwer zu erklären, dass sie mit einem Bogen in das Zimmer kam.

Mit dem Ohr an der Tür lauschte Aurelia in das Zimmer hinein, was mit dem Lärm aus dem Nachbarzimmer nicht ganz so einfach war.

Schließlich legte sie ihre Hand auf die Klinke und drückte diese hinab. Doch die Tür war verschlossen. Nun stand sie draußen und musste doch hinein, um den Pfeil in sein Ziel zu bringen!

Der Notfallplan brauchte einen Notfallplan B!

Wie kam sie in das verschlossene Zimmer? „Denk nach!", sauste es durch ihren Kopf. „Lilith!", fiel ihr ein und kaum hatte sie den Namen der Mutter genannt, da tauchte diese auch schon neben ihr auf.

Kurz erklärte sie ihr leise ihr Problem, Lilith nahm sie unter ihren Umhang und nur einen Wimpernschlag später stand Aurelia mit Lilith auf der anderen Seite der Tür. Wie erhofft im Dunklen!

Lisa und Franz hoben sich als Schatten gut gegen das hellere Fenster ab. Der erste Pfeil schleuderte Lisa in die Arme des Mannes und der zweite Pfeil besiegelte ihr Schicksal.

Schnell nickte sie Lilith zu, was diese trotz der Finsternis bemerkte und sofort standen sie erneut im Flur. Das Ganze hatte sicher keine zehn Sekunden gedauert! „Ich danke dir", sagte Aurelia leise. „Nun wird hoffentlich alles gut!", antwortete Lilith und Aurelia entgegnete „Das liegt nun nur noch bei den vier Menschen dort drin!" Dabei zeigte sie auf die beiden Zimmertüren.

Gemeinsam stiegen sie die Treppe wieder hinab und vor ihrem Zimmer sagte Aurelia zu der Dämonin „Kannst du Max morgen zu mir schicken, damit ich ihm den Bogen zurückgeben kann? Dann kann ich hier noch ein bisschen Urlaub machen?" „Das mache ich gern! Schlaf schön, meine Tochter", entgegnete Lilith und küsste sie. „Ich danke dir. Gib Sofie einen Kuss von mir!", sagte Aurelia. Lilith nickte ihr zu und war verschwunden.

Nun blieb zu hoffen, dass die vier Menschen dieses Geschenk des Engels nicht verbocken würden. Aurelia versteckte den Bogen wieder unter ihrem Bett und legte sich hin.

33. Kapitel

Am Ziel?

Natürlich hatte Franz die Frau verstanden. Trotz seines umnebelten Verstandes war er ja nicht blöd. Aber in Anbetracht des nutzlosen Versuches, des vergangenen Abends, wusste er nicht, ob er es erneut versuchen sollte. So saß er nun an dem Tisch, blickte zur Küche hinüber, hinter deren Fenster Lisa gerade arbeitete und grübelte. Noch solch ein Scheitern würde er nicht verkraften. Da blieb ihm dann nur noch, nicht mehr die Leiter hinabzusteigen, sondern zu springen. Dann war wenigstens sein Leiden zu Ende. Franz zahlte und ging in Gedanken zurück zu seiner Wohnung. Natürlich wäre die Gelegenheit günstig, wenn Alois mit Doris beschäftigt war.

Und wieder lag er unruhig in seinem Bett und wartete auf den Abend. Das war doch nicht normal! Er wurde noch zum Nachtmenschen. Heute oder nie!

Als die Dämmerung über das Dorf fiel, da schlich er wieder zu der Herberge hinüber. Den Bolzenschneider hatte er am vergangenen Abend dort versteckt, um ihn eventuell nicht noch einmal holen zu müssen, doch die Schlösser lagen immer noch durchtrennt neben der Leiter. Entweder hatte Alois nicht bemerkt, dass sie fehlten, oder es war ihm einfach egal gewesen. Damit hatte er schon mal seine Steighilfe ohne Probleme in der Hand. Und was noch besser war: oben waren alle Fenster dunkel. Er konnte sofort mit dem Aufstieg beginnen.

Mit jeder Sprosse dachte er darüber nach, ob er wohl erneut umsonst nach oben stieg. Schließlich war das Zimmer ja dunkel. War Lisa da? Lag sie schon im Bett? Was würde sie sagen? Was würde sie tun? Fragen über Fragen. 14 Sprossen und 14 Mal die bange Frage, ob sie da war.

Die letzte Sprosse, das Fenster war geöffnet und dann stellte er die leise Frage „Lisa? Bist du da?" Eine endlose Sekunde, dann kam ein genauso leises „Ja!" aus der Dunkelheit. Ein zentnerschwerer Stein fiel ihm vom Herzen und plumpste in die Tiefe. Erleichtert sprang er in das Zimmer. Diesmal brauchte er nicht leise sein, denn der „Lärm" aus dem anderen Zimmer würde alle Geräusche verdecken.

Es war stockdunkel in dem Raum. Vermutlich hob er sich aber gegen das etwas hellere Fenster deutlich sichtbar ab, denn etwas flog auf ihn zu und er öffnete seine Arme. Der weiche Körper einer Frau presste sich an ihn an. War es Lisa? Wer sonst!

Ihre Lippen fanden die seinigen. Im Kuss vereint standen sie in der Dunkelheit, bis sich der volle Mond hinter einer Wolke hervortraute und direkt in ihr Gesicht schien. Im silbernen Licht hatte sie die Augen geschlossen. Sein Herz machte einen Sprung. Noch fester zog er Lisa an sich heran und seine Finger glitten durch ihr Haar, welches sie gerade offen trug. Franz streichelte ihre Wange, hauchte einen zärtlichen Kuss auf ihren Hals und stand einfach nur da. Er genoss ihre Wärme, streichelte ihre Haut.

Lisa öffnete ihre Augen und das Mondlicht glitzerte darin. Alles war gut. Er sah das Lächeln auf ihren Lippen und schmeckte noch ihren Kuss. „Habe ich dich!", hauchte sie und umschloss seinen Nacken mit beiden Händen. Ein neuer Kuss folgte, der in einen Ringkampf von zwei vorwitzigen Zungen mündete.

Obwohl seine Erregung schon vorher zu spüren gewesen war, so wurde sie unter diesem leidenschaftlichen Kuss immer schmerzhafter. Doch auch seine Angst vor dem Erwischt werden war noch da. Und Lisa schien beides zu spüren, denn sie sagte schließlich „So lange wir dieses Geräusch hören, so lange besteht für dich keine Gefahr!", er hörte das Lächeln darin, bevor er es in ihrem Gesicht sehen konnte.

Da sie nur das Nachthemd trug, war es für ihn ein Leichtes, sie von ihrer Kleidung zu befreien. Und er hatte wieder seinen Jogginganzug an, aber ohne Unterwäsche. Lisa befreite ihn von dem Anzug und seine Erektion sprang ihr entgegen. „Was haben wir den hier!", stellte sie fest und es verschlug ihm den Atem, als sie zugriff.

Franz war buchstäblich in ihrer Hand und er zuckte zusammen. Lisa zog ihn hinter sich her. Ein Schritt und sie fielen in das Bett. Die Frau umschlang seine Hüften mit ihren Oberschenkeln und gab ihm somit das Ziel seines Angriffes zur Eroberung frei, aber er zögerte in dieser Position. Was wäre, wenn Alois jetzt auftauchen würde? Lisa lag unter ihm und drückte sich ihm entgegen. Offensichtlich konnte sie es nicht mehr erwarten.

Ein neuer Kuss folgte und immer noch konnte er sich nicht dazu durchringen, sich zu bewegen. Er war doch aber am Ziel? Nur ein paar Zentimeter davor! Was hinderte ihn?

Im Mondlicht sah er Lisas Augen. Sie hob ihren Kopf, legte ihren Mund an sein Ohr und flüsterte „Mach schon! Fick mich!" Dann kam sie ihm mit den Hüften entgegen und er tauchte in ihre warme Nässe ein. Die Frau stöhnte beim ersten tiefen Stoß auf und warf ihren Kopf zurück.

34. Kapitel

Flügel um Flügel

In dieser Nacht war Aurelia nicht in den Schlaf gekommen. Die Geräusche von oben hatten sie wach gehalten. Und sowohl Franz als auch Lisa war es wohl ähnlich ergangen. Nur aus einem anderen Grund. Sie hatten ja den Lärm gemacht. Zumindest zeugte das davon, dass die beiden Pfeile richtig und gut getroffen hatten. Es war fast schon Morgen gewesen, als sie gesehen hatte, wie der Schatten von Franz sich an ihrem Fenster vorbei nach unten bewegt hatte. Es glich einem Wunder, dass der Mann nach dieser Nacht überhaupt noch laufen konnte.

Völlig übermüdet schlich der Engel in das Bad und stellte sich unter die Dusche, aber es half nicht viel und so schlurfte sie wenig später die Treppe hinab zum Frühstücksraum, wo Lisa singend und tanzend die Tische deckte.

„Guten Morgen. Was für eine Nacht!", begrüßte Lisa sie und umarmte Aurelia. Dieser Enthusiasmus der jungen Frau steckte den Engel dann doch an. „Erzähle!", begann Aurelia und erfuhr schon wenig später alle Details dieser wilden Nacht, deren Ohrenzeuge sie ja geworden war. Etwa eine halbe Stunde später kamen Doris und Alois die Treppe herab und in den Augen von Doris konnte der Engel sehen, dass auch diese Frau in der Nacht ziemlich glücklich geworden war.

Nach dem Frühstück schmuggelte Aurelia den Bogen wieder in das Versteck zurück und legte sich danach in den Liegestuhl. Hier hatte sie die Ruhe, die sie in der Nacht nicht hatte finden können. Glücklich über die erfüllte Aufgabe schlummerte sie wenig später in der Wärme des Vormittages.

Aus diesem Schlummer wurde sie durch eine Berührung wieder geweckt. Neben ihr, auf dem zweiten Liegestuhl, saß Engel Max und sagte zu ihr „Du wolltest mich sehen?" Aurelia gähnte ungeniert und setzte sich auf. „Ich habe deinen Fehler in der letzten Nacht korrigiert!", begann sie und erhob sich von ihrem Liegestuhl. Zusammen gingen sie zu ihrem Versteck, aus welchem sie den Bogen und den nun leeren Köcher nahm. „Ich danke dir", sagte Max, als sie ihm die beiden Dinge wieder in die Hand drückte.

Einen Moment drehte er den Bogen unschlüssig in seinen Händen, dann wendete er sich zum Gehen, als Aurelia ihn stoppte. „Lilith hatte dir doch etwas dafür versprochen. Oder?", fragte sie und der Freund drehte sich wieder zu ihr zurück. „Ja! Flügel!", antwortete er und war sich, seinem Gesichtsausdruck nach, sicher, dass er nun natürlich leer ausgehen würde.

„Lilith kann dir da nicht helfen", stellte Aurelia fest und Max nickte nur. Er schien traurig darüber zu sein. Einen Moment wartete sie, dann setzte Aurelia hinzu „Aber ich könnte es!" Der Kopf von Max, der bisher zu Boden gesehen hatte, zuckte hoch und er sah Aurelia in die Augen. „Du könntest das? Würdest du es tun? Was muss ich dafür machen?", fragte er schnell.

Aurelia ließ ihn eine Weile zappeln. Für einen Augenblick gefiel es ihr, den Mann für seine Nachlässigkeit etwas zu quälen und das war eigentlich nicht das, was ein Engel tun sollte. „Nur im Paradies kann ein Engel seine Flügel zeigen", erklärte sie und sah, wie das zuvor hoffnungsfrohe Gesicht von Max einen traurigen Zug bekam. „Ach so", sagte er und wollte abwinken.

„Nicht so schnell Max! Ich könnte dich mit in mein Paradies nehmen! Wenn du magst!", sagte Aurelia und sah dem Engelsfreund in die Augen. „Ja! Wenn das geht!", erwiderte Max freudig und das Lächeln kam zurück. „Und ob! Ich glaube, die Scheune ist gerade frei! Aber halte die Augen offen, denn deine Flügel wirst du nur kurz sehen können! Vertraue mir!", sagte sie zu dem Engel.

Mit Max an der Hand ging Aurelia das kurze Stück über den Hof bis zur Tür der Scheune, dort sah sie sich noch einmal um, schob die Tür auf und zog den Freund hinter sich her in das Halbdunkel des Gebäudes. Aurelia küsste ihn und binnen weniger Atemzüge waren sie beide nackt. Was folgte, hatte es schon seit tausenden von Jahren nicht mehr gegeben. Zwei Engel hatte Sex! Wilden, leidenschaftlichen, hemmungslosen Sex, auch wenn Max sich zum Anfang etwas unbeholfen anstellte, aber Aurelia hatte Erfahrung für zwei.

Eine Stunde später verließ ein strahlender und glücklicher Max die Scheune, denn er hatte seine Flügel erblickt. Aurelia sah ihm aus dem Dämmerlicht nach. Nackt saß sie auf einem Strohballen und fühlte in sich hinein. Dieses Gefühl konnte sie nicht beschreiben und das „Wow!", was ihr entfuhr, das traf es zu mehr als 100 %.

Es dauerte eine ganze Weile, bis sie ihren wackligen Beinen wieder vertrauen konnte und sich den Bikini anzog. Als sie die Scheune wieder verließ, da hatte Max schon den Bogen genommen und war verschwunden. An seiner statt erschien Gabriel vor ihr auf dem Hof.

Für einen Augenblick schrak Aurelia zusammen. Hatte der Erzengel mitbekommen, was hier gerade passiert war? Und wenn ja, was machte das schon? Dieses Gefühl konnte ihr jetzt niemand mehr nehmen. Nun wusste sie, was Lilith damals im Paradies gefühlt hatte. Es war bombastisch, großartig und überwältigend gewesen und das Grinsen, das sie in ihrem Gesicht spüren konnte, das sagte sicher alles aus.

Der Erzengel nickte ihr zu, ließ den Umhang fallen und zeigte ihr, dass aus seinen Schultern zwei gewaltige Flügel gewachsen waren. Sie waren wunderschön und goldfarben. „Ich danke dir Aurelia. Durch dich habe ich meine Zweifel verloren und wieder Vertrauen gefasst!", sagte er, bevor er die Flügel wieder einzog und sich den Umhang um die Schultern legte.

Aurelia verneigte sich vor ihm und der Erzengel verschwand. Immer noch unsicher ging sie zu ihrem Liegestuhl. Noch ein paar Augenblicke der Ruhe wollte sie sich gönnen, aber bevor sie sich setzen konnte, erschien Lilith vor ihr. Die Dämonin sagte „Schau mal, wen ich dir mitgebracht habe!" Sie zog ihren Umhang zur Seite und hatte Sofie im Arm. Die Tochter strahlte Aurelia an und sie zog ihr Kind an ihre Brust.

„Mein Schatz! Ich habe dich so vermisst!", flüsterte Aurelia. Überglücklich drehte sie sich mit der Tochter und dabei schossen ihr erneut ihre Flügel aus den Schultern. Die großen, weißen Schwingen hüllten sowohl sie, als auch das Kind ein.

Als sie sich wieder Lilith zuwendete, sah Aurelia, dass Lisa gerade aus dem Haus getreten war und sie mit großen Augen ansah. Noch immer waren die Flügel zu sehen! Was konnte Aurelia tun? Nichts! Sie lächelte die Freundin einfach an.

35. Kapitel

Send me an Angel?

Noch immer tanzte Lisa durch die Küche, als ihr einfiel, dass sie Aurelia noch etwas von dieser heißen Nacht berichten wollte. Sie stürmte auf den Hof, wo die Freundin sicher noch auf der Liege dösen würde und erstarrte. Direkt vor ihr, keine drei Meter entfernt, stand Aurelia und hatte Flügel. Wirkliche und richtige Flügel, wie die eines Schwanes, nur riesengroß. Diese reichten Aurelia bis unter die Knie und hüllen sie vollkommen ein. „Was ... was … was ist das?", stotterte sie und zeigte auf die Federn. Das war kein Umhang. Die waren echt!

Aurelia zog die beiden Flügel zur Seite und stand dann in ihrem roten Bikini vor ihr. Die Flügel hingen nun hinten, waren aber immer noch deutlich zu sehen. Die Frau, oder was auch immer sie war, hatte ihre Tochter im Arm.

„Sind das wirklich Flügel?", fragte Lisa und trat neugierig einen Schritt vor. „Ja!", entgegnete Aurelia und spreizte die Schwingen. Lisa fühlte sich von dem Wesen angezogen und verspürte keine Angst. „Wer oder was bist du?", fragte sie und trat noch einen weiteren Schritt vor. „Ein Engel!", entgegnete Aurelia und die Flügel verschwanden in ihren nackten Schultern.

Das war definitiv kein Trick oder eine Illusion gewesen. Die waren wirklich echt gewesen. „Aber wieso?", fragte sie und Lilith, die neben Aurelia stand, summte Lisas Lieblingslied von Real Life. „Erinnerst du dich an deinen Wunsch?", fragte sie danach und Lisa nickte. „Send me an Angel!", sagte sie.

„Siehst du!", entgegnete Aurelia und setzte noch hinzu „Manchmal werden Wünsche auch erfüllt!" „Ich hätte nicht gedacht, dass es euch wirklich gibt", flüsterte Lisa fast tonlos, doch der Engel hatte sie dennoch gehört. Und Lilith entgegnete „Du wärst überrascht, wie viele es von uns gibt!"

„Bist du auch ein Engel?", fragte Lisa daraufhin Lilith. „So etwas in der Art", entgegnete diese. „Und sie?", fragte Lisa weiter und zeigte auf das Baby in Aurelias Arm. „Das kann ich dir erst in ein paar Jahren sagen", flüsterte Aurelia und gab dem schlafenden Kind einen Kuss auf die Stirn.

Das war alles zu viel für Lisa und sie musste sich setzen. Erst langsam setzten sich die vergangenen Ereignisse vor ihren Augen zusammen und mit der Tatsache, dass ein Engel dabei gewesen war, ergab erst manches davon einen Sinn. „Du brauchst erst mal einen Schnaps!", erklärte Lilith, lachte und ging in das Haus. „Ja! Einen großen!", rief Lisa ihr hinterher und sah danach zu Aurelia auf, die noch vor ihr stand. Jetzt wieder ganz der Mensch, den sie die ganze Zeit gekannt hatte.

Die Freundin setzte sich vor sie hin und sagte „Aber bitte verrate mich nicht! Selbst meine Freundin weiß nichts davon!" „Wer sollte mir so etwas denn auch glauben?", fragte Lisa und sah das Kind an, das nun unmittelbar vor ihr war. „Sie ist wirklich hübsch", stellte sie fest. „Ja! Sie macht mein Glück perfekt!", entgegnete der Engel und drückte Sofie an seine Brust.

Endlich kam Lilith mit dem Schnaps! „Musst du wieder fort?", fragte Lisa nach dem Getränk und Aurelia sah sie an. Dabei legte sie ihren Kopf schief und entgegnete „Ich wollte eigentlich noch eine Woche Urlaub machen" „Du bleibst also noch?", fragte Lisa erfreut und Aurelia nickte.

Wie als wäre nichts geschehen, legte sich der Engel auf dem Liegestuhl zurück und blinzelte in die Sonne. „Und wie ist das so als Engel unter den Menschen?", fragte Lisa. „Da frage ich mal zurück: wie ist das so als Mensch unter all den Engeln?", sagte Lilith und hob ihren Umhang. Die Frau drehte sich und für den Bruchteil einer Sekunde konnte Lisa tausende von Engeln sehen, die überall um sie herum waren. Große und Kleine. Einer davon saß sogar auf dem Schuppendach und streichelte gerade den Kater.

„Ich gehe dann mal", sagte Lilith und Aurelia antwortete ihr „Lässt du mir Sofie da?" „Natürlich", entgegnete die Frau und verschwand einfach so. Aufgelöst in Luft. Aber vermutlich nur unsichtbar gemacht. „Ich glaube, ich brauche noch einen Schnaps!", stöhnte Lisa und der Engel lachte neben ihr.

Aus dem Radio in der Küche, welches gerade überlaut zu spielen begann, ertönten die Anfangstakte des Liedes. Lisa musste lachen und Aurelia schmunzelte nur. „Meine Mutter! Immer für einen Scherz zu haben!", sagte sie und beide begannen zu singen „Do you believe in Heaven above? Do you believe in Love? …"

36. Kapitel

Vom Glück, ein Engel zu sein

Seit ein paar Tagen hatte Aurelia nun einfach nur noch Urlaub. Keine Verpflichtung mehr und kein noch zu verschießender Pfeil. Einfach nur Ausruhen. Lisa hatte bisher über sie geschwiegen und hatte versprochen, auch weiterhin über Aurelias Herkunft kein Wort zu verlieren. Die Freundin hatte ihr eine Wiege organisiert, die nun nachts neben Aurelias Bett stand und in welcher Sofie schlafen konnte. Und die Tochter schlief wirklich jede Nacht durch. Ganz im Gegensatz zu Aurelia. Der Engel kam nun keine Nacht mehr zur Ruhe. Entweder war Franz oben bei Lisa oder Lisa war bei ihr.

Bisher war bei Lisa und Franz alles gut gegangen und nach einer Aussprache mit Alois musste Franz nun auch nicht mehr den beschwerlichen Weg über die Leiter nehmen, sondern konnte die, um vieles bequemere, Treppe hinauf zu Lisas Zimmer steigen.

Auch zwischen Doris und Alois entwickelten sich die Dinge erwartungsgemäß. Bisher war Doris jeden Abend gekommen und am Morgen, nach dem Frühstück, zurück in ihr Häuschen gegangen. Wie oft sie noch dazwischen auf den Hof gekommen war, das konnte Aurelia nicht mehr zählen. Praktisch war die Frau ständig anwesend. Manchmal durfte Aurelia ihr dann die Tochter übergeben und Anton konnte ihr dann einen „Gefallen" erweisen. Von Zeit zu Zeit erschien auch Lilith, aber meist nur, um ebenfalls einen Gefallen von dem Manne einzufordern.

Einzig Daria fehlte ihr noch zu ihrem Glück, aber die würde ja auch bald wieder zu ihr zurückkommen.

Aurelia saß auf ihrem Liegestuhl und gab der Tochter das Fläschchen, als Lisa freudestrahlend auf sie zugelaufen kam. Sie hielt ihre Hand hoch, zeigte einen Ring und sagte „Franz hat um meine Hand angehalten!" „Kommt das nicht ein bisschen plötzlich?", fragte Aurelia und lächelte die Freundin an. „Weißt du, ich liebe ihn ja schon mein ganzes Leben lang. Der Dummkopf hat es nur nicht gemerkt. Bis jetzt!", antwortete sie triumphierend und tanzte um die Liege herum.

„Du kommst doch aber zu meiner Hochzeit?", fragte sie, als sie wieder vor Aurelia stand. „Na klar! Gib mir einfach Bescheid!" „Und wie?

Kann ich dich anrufen?" „Sage es einfach Lilith. Die wird in der nächsten Zeit wohl öfter hier sein!", entgegnete der Engel, legte die Flasche zur Seite und ließ Sofie ihr Bäuerchen machen.

„Du hast mich gerufen?", fragte Lilith, als sie um die Ecke des Stalles kam und Aurelia musste fast lachen. Die Dämonin zupfte dabei ihr Kleid zurecht und es war ganz augenscheinlich, das sie gerade mit etwas wichtigem beschäftigt gewesen war. Lächelnd zog sie sich noch ein paar Strohhalme aus den Haaren und es war auch nicht überraschend, dass nur wenige Augenblicke später Anton aus derselben Richtung auftauchte.

Der Mann ging pfeifend, mit den Händen in den Hosentaschen, über die Wiese und nickte ihnen zu. „Na, wenn du schon mal da bist, dann kann ich dir auch etwas mitteilen", begann Aurelia und legte die Tochter in die Wiege.

Lilith setzte sich neben sie auf die Bank und wartete gespannt. „Wie hat es dir mit Sofie gefallen?", fragte der Engel vorsichtig und Lilith entgegnete „Ganz gut!" „Dann wird es dich hoffentlich auch nicht stören, dasselbe in einiger Zeit noch einmal zu machen", sagte Aurelia und sah die Dämonin an. Sie konnte sehen, wie es in Lili-

ths Gesicht arbeitete. Ganz offensichtlich überlegte sie gerade, was Aurelia damit wohl meinte,
denn die Zähne von Sofie waren ja nun endlich
da. Dann bemerkte sie das Aufblitzen in den Augen der Dämonin „Du wirst …“, begann Lilith.
„Noch einmal Mutter. Ja! Und du zum zweiten
Mal Oma!“, entgegnete Aurelia.

Die Dämonin fiel ihr freudestrahlend um den
Hals. Nach der Umarmung entgegnete sie mit
gespielten Ernst „Aber sage nicht Oma zu mir.
Das macht mich irgendwie alt!“ Auch Lisa be-
glückwünschte Aurelia und streichelte die Wange
von Sofie, die in der Wiege eingeschlafen war.

Das Handy von Aurelia begann zu brummen
und sie nahm es hoch. „Eine Nachricht von Daria.
Sie kommt am Freitag nach Hause!“, jubelte Aurelia und setzte hinzu „Nun ist mein Glück perfekt!“ „Meines auch!“, sagte Lilith grinsend, erhob sich von der Liege und schlich Anton hinterher.

ENDE

Von Uwe Goeritz im Verlag BoD (Books on Demand, Norderstedt) ebenfalls erschienene Bücher:

„Cecilia im Bann der Liebe"
ISBN lautet: 978-3-7392-4583-6
Altersempfehlung: ab 16 Jahre

„Was ist Liebe und warum kann sie uns in ihren Bann ziehen? Kann Mann oder Frau das mit dem Kopf entscheiden? Oder ist da eine rationale Entscheidung völlig unnütz? Cecilia, die Heldin dieser Geschichte, beginnt ihrem Kopf zu folgen, wo sie ihrem Herz hätte folgen sollen.

Gibt es für sie die Chance, diese Entscheidung zu revidieren? Oder bleibt sie allein und unglücklich zurück?"

112 Seiten für 6,49 Euro

„Für Immer an deiner Seite"
Die ISBN lautet: 978-3-7412-8407-6
Altersempfehlung: ab 16 Jahre

„Eine junge Frau schaut sich um und blickt zurück auf ihr Leben. „Wann ist die Liebe eigentlich erloschen?" fragt sich Maria, die Heldin dieser Geschichte. Im täglichen Kleinklein des Lebens hat sie sich viel zu weit von ihrem Mann entfernt. Oder er sich von ihr? Gibt es noch eine Chance?

Ist noch etwas Glut unter der Asche ihrer Liebe und kann der Wind der Veränderung die Flamme ihrer Liebe neu entflammen? Oder verweht der letzte Funken für immer und es beginnt ein neues Leben? Mit einem anderen?"

112 Seiten für 6,49 Euro

„Die Liebe ist (k)ein Ponyhof"
Die ISBN lautet: 978-3-7412-7920-1
Altersempfehlung: ab 16 Jahre

„Manchmal geht es in der Liebe zu wie in einem Ponyhof. Zwei Treffen sich und trennen sich wieder, oder sie bleiben zusammen für immer und bilden eine kleine Familie. Ramona, die Heldin dieser Geschichte, liebt ihr Pflegepferd Rodrigo über alles.

Außer ihm hat sie keine Freunde, weder auf Arbeit noch privat klappt es bei ihr.

Durch Rodrigo ist sie mit der Welt verbunden und durch den Hengst findet sie ihr Glück. Im Ponyhof und auch in der Welt."

116 Seiten für 6,49 Euro

„Griechische Küsse"
Die ISBN lautet: 978-3-7448-7274-4
Altersempfehlung: ab 16 Jahre

„War ihr ganzes bisheriges Leben eine einzige Lüge? Diese Frage stellt sich Jette, die Heldin dieser Geschichte. Nach dem Tod ihrer Mutter findet sie Hinweise darauf, dass die Geschichten, die ihr die Mutter über ihren Vater erzählt hatte, so nicht ganz stimmten.

Sie macht sich auf die Suche nach ihm und beginnt eine Reise, auf den Spuren der Mutter, in eine Zeit, in der ihr Leben einst begann. Auf Kreta stolpert sie Grigori in die Arme und es scheint so, als ob die Geschichte ihres Lebens vollkommen neu geschrieben wird. Oder doch nicht? Macht sie die Fehler ihrer Mutter ebenfalls? Wiederholt sich die Geschichte?"

116 Seiten für 6,49 Euro

„Liebe hinter Klostermauern"
Die ISBN lautet: 978-3-7448-8973-5
Altersempfehlung: ab 16 Jahre

„Ein Leben wie im Kloster? Wollte sie das wirklich? Das fragt sich Karla, die Heldin dieser Geschichte, als sie auf Drängen ihrer Eltern in eine Hauswirtschaftsschule gehen muss, die sich in einem Kloster befindet. Doch dort lernt sie Rebecca kennen und verliebt sich in die gleichaltrige Frau.

Kann das gut gehen oder verstößt sie damit zu sehr gegen die Konventionen des Klosters und der Welt? Bleibt sie alleine zurück oder findet sie doch noch ihr Glück?"

120 Seiten für 6,49 Euro

„Ein Pflaster für die Seele"
Die ISBN lautet: 978-3-7460-7947-9
Altersempfehlung: ab 16 Jahre

„ „Bloß keinen Arztroman." denkt sich Luisa, die Heldin dieser Geschichte, und ist doch schon mitten drin. Oder etwa nicht? Doktor Peters scheint genau ihr Fall zu sein. Wäre sie doch nicht so schüchtern und könnte auf ihn zu gehen. So bleibt ihr nur, in seinem Vorzimmer zu sitzen und auf den Blick seiner Augen zu warten. Gibt es da für sie die Hoffnung auf ein Happy End? Oder eher nicht?"

112 Seiten für 6,49 Euro

„Das Tor zum Paradies"
Die ISBN lautet: 978-3-7528-5837-2
Altersempfehlung: ab 16 Jahre

„Drei junge Frauen verbringen den Urlaub gemeinsam. Sie sind Freundinnen und obwohl sie nicht auf der Suche nach dem Glück sind, finden sie es dennoch. Eine jede von ihnen anders, einzigartig und genau so, wie sie es sich schon immer, vielleicht ohne es zu wissen, gewünscht hat.

Geben sie ihrer Liebe eine Chance? Oder fahren sie, nach einem Urlaubsflirt, wieder alleine nach Hause?"

124 Seiten für 6,49 Euro

„Ein Kater rettet das Weihnachtsfest"

Die ISBN lautet: 978-3-7481-2863-2
Altersempfehlung: ab 16 Jahre

„Ihr ganzes Leben scheint in Scherben gebrochen zu sein. Kurz vor Weihnachten sitzt Karo in ihrer Wohnung und heult sich ihre Seele aus dem Leib. Alles kommt ihr so sinnlos vor. Doch dann klopft ein kleiner Kater an ihr Fenster und wirbelt ihr ganzes Dasein durcheinander.

Wird es vielleicht doch noch ein schönes Weihnachtsfest für die junge Frau?"

236 Seiten für 8,49 Euro

„Aurelia - Geliebter Engel"

Die ISBN lautet: 978-3-7494-5128-9
Altersempfehlung: ab 16 Jahre

„Aurelia ist seit über zweitausend Jahren als Engel der Liebe auf der Erde unterwegs. Viele Liebespaare hat sie schon mit ihren Pfeilen für immer aneinander gebunden. Doch diese neue Mission wird eine ganz besondere Erfahrung für sie.

Der Engel trifft auf eine Dämonin, die das Weltbild von Aurelia ins Wanken bringt. Warum kann sie selbst keine Liebe empfinden? Gemeinsam machen sie sich auf die Suche nach der Liebe, aber wird das vielleicht ihren Auftrag gefährden? Zumindest mischen die beiden unterschiedlichen Wesen die Stadt ziemlich auf und auch die Liebe kommt dabei nicht zu kurz."

244 Seiten für 8,49 Euro

„Sieben Nächte im Paradies"

Die ISBN lautet: 978-3-7347-6647-3
Altersempfehlung: ab 16 Jahre

„Als Kind hatte Jasmin das Buch „Robinson Crusoe" geliebt, aber da hatte sie auch noch nicht gewusst, dass es sie an einem Freitag auf eine unbewohnte griechische Insel im Mittelmeer verschlagen würde und ihr Robinson ihr dermaßen unsympathisch sein würde, dass sie schreiend davon laufen könnte. Aber die Insel ist eben nicht groß genug dafür.

Kann sie noch gerettet werden, bevor sie und der Mann sich gegenseitig an den Hals gehen? Oder beginnt in der Abgeschiedenheit etwas ganz anderes?"

244 Seiten für 8,49 Euro

„Drei verrückte Weihnachtswünsche"

Die ISBN lautet: 978-3-7494-8575-8
Altersempfehlung: ab 16 Jahre

„Das Schicksal führt drei Menschen in einer einge-schneiten Almhütte zusammen. Michael und seine Tochter treffen auf Barbara. Jeder der drei Menschen hat einen besonderen Wunsch zu Weihnachten und bis zum Fest ist es nur noch eine Woche. Während Barbara das Glück der verlorenen Kindheit wiederfinden will, will Michael nur seine Ruhe haben und etwas Zeit mit seiner Tochter Leonie verbringen, bevor diese in die Schule kommen wird. Leonie hingegen hatte sich eine neue Mutter gewünscht.

Werden alle Wünsche wahr werden können? Oder sind diese drei Wünsche eigentlich nur ein einziger, gemeinsa-mer Wunsch?"

172 Seiten für 6,49 Euro

„Ein besonderes Praktikum"

Die ISBN lautet: 978-3-7528-4866-3
Altersempfehlung: ab 16 Jahre

„Endlich hat Birgit die lang ersehnte Stelle bekommen. Nur noch ein Praktikum über vier Wochen steht zwischen der jungen Frau und dem Job. Nun muss sie zeigen, was sie in der Umschulung gelernt hat, aber ihr mangelndes Selbstvertrauen steht ihr da gehörig im Weg.

Da trifft es sich gut, dass Herr Lehmann ihr hilft und sie bei einem Projekt unterstützt. Mit seiner Hilfe schafft sie es und damit ändert sich auch in ihrem Privatleben so einiges. Birgit wird vom hässlichen Entlein, das mit sich und ihrem Körper unzufrieden ist, zu einem schönen und stolzen Schwan."

248 Seiten für 8,49 Euro

Aktuelle Informationen und Neuerscheinungen finden sie immer im Internet unter:

www.Goeritz-Netz.de